Editora
Charme

PREDESTINADA

EXISTENCE #2

ABBI GLINES

AUTORA BESTSELLER DO NEW YORK TIMES

1ª Impressão 2021

Produção Editorial - Editora Charme
Foto - AdobeStock e Depositphotos
Capa e Produção Gráfica - Verônica Góes
Tradução - Monique D'Orazio
Revisão - Equipe Charme

Esta obra foi negociada por Agência Literária Riff Ltda em nome de Dystel, Goderich & Bourret LLC.

FICHA CATALOGRÁFICA ELABORADA POR
Bibliotecária: Priscila Gomes Cruz CRB-8/8207

G561p	Glines, Abbi
	Predestinada / Abbi Glines; Tradução: Monique D'Orazio; Revisão: Equipe Charme; Capa e produção gráfica: Verônica Góes – Campinas, SP: Editora Charme, 2021. 220 p. il. (Série: Existence; 2).
	Título original: Predestined.
	ISBN: 978-65-5933-018-8
	1. Ficção norte-americana | 2. Romance Estrangeiro - I. Glines, Abbi. II. D'Orazio, Monique. III. Equipe Charme. IV. Góes, Verônica. VII. Título.
	CDD - 813

Editora
Charme
www.editoracharme.com.br

PREDESTINADA

EXISTENCE #2

TRADUÇÃO: MONIQUE D'ORAZIO

ABBI GLINES

AUTORA BESTSELLER DO NEW YORK TIMES

DEDICATÓRIA

Para minha filha, Annabelle. Você tem uma "alma antiga", minha doce menina. A sabedoria das suas escolhas e a bondade nas suas ações nunca param de me surpreender. Estou incrivelmente orgulhosa de você.

A rua estreita e úmida estava vazia. Era possível ouvir jazz ao longe, mas o som era fraco. Quanto mais eu me afastava das luzes esparsas da rua e adentrava na escuridão, mais os sons das risadas, dos carros e da música tradicional vibrante só encontrada na Big Easy se dissipavam. Eu já estivera em New Orleans antes, inúmeras vezes. A morte costumava ser encontrada nessas ruas escuras. Naquela noite, porém, eu não estava ali para levar uma alma; estava por outros motivos. Motivos que só agora eu estava encaixando um no outro. A fúria que crescia dentro de mim era difícil de controlar. Eu tinha sido imprudente. Eu! Uma maldita Divindade todo-poderosa! E deixei algo perigoso passar batido pelo meu radar, completamente não detectado? Como pude deixar isso acontecer? Eu sabia a resposta. Pagan. Ela me consumia. Consumia meus pensamentos. Meus desejos. Meu propósito. Eu não conseguia ver nada com o brilho de Pagan me deixando cego para todo o resto. Agora, eu tinha que descobrir o porquê e tomar medidas de reparação. Porque Pagan Moore era minha. Sua vida, sua alma, seu coração — era tudo meu. Nada ficaria no meu caminho. Nenhuma maldição antiga. Nenhum garoto sem alma. E absolutamente *nenhum* senhor de espíritos vodu.

CAPÍTULO 1

Pagan

Eu só tinha virado para observar os balões lindos. Eu gostava mais do cor-de-rosa, que me lembrava uma bola de chiclete. Estava tentando pensar em algo que eu pudesse prometer em troca à mamãe, se ela me comprasse um balão daqueles. Talvez limpar debaixo da cama ou arrumar os sapatos no armário dela. Mas só fazia um segundo que eu havia parado para pensar. Agora, minha mamãe tinha sumido. Lágrimas nublaram minha visão, e deixei escapar um soluço de pânico. Ela me avisou que eu poderia me perder na multidão se não a acompanhasse. Quando estávamos no meio de muita gente, normalmente, eu segurava sua mão, mas hoje ela estava carregando uma braçada de livros. Não a perder era uma responsabilidade minha. Mesmo assim, eu tinha me perdido dela. Onde eu ia dormir? Lancei um olhar nervoso para as pessoas que cobriam todas as ruas movimentadas. O Festival de Artes e Entretenimento tinha atraído pessoas de todos os lugares para nossa cidadezinha. Estendi a mão para enxugar os olhos e conseguir procurar um policial para me ajudar, funguei e, por um segundo, esqueci minha crise quando o cheiro de bolo de funil me atingiu.

— Não chore, eu vou te ajudar.

Franzindo a testa, observei o menino na minha frente. Seu cabelo loiro era curto e seus grandes olhos amigáveis pareciam preocupados. Eu nunca o tinha visto antes. Ele não era da minha escola; talvez fosse um turista. Quem quer que fosse, eu sabia que ele não poderia me ajudar. Ele também era só uma criança.

— Perdi minha mamãe — murmurei, me sentindo envergonhada por ele ter me pegado chorando.

Ele acenou com a cabeça e estendeu a mão.

— Eu sei. Vou te levar de volta para junto dela. Está tudo bem, eu prometo.

Engolindo o nó na garganta, pensei na oferta. Será que ele poderia me ajudar? Dois pares de olhos procurando um policial eram melhores do que um, eu achava.

— Hum... se você me ajudasse a procurar um policial para que ele me ajudasse a achar ela, seria legal.

Ele sorriu para mim como se me achasse engraçada. Eu não estava brincando e nada a respeito daquela situação toda era motivo para sorrir.

— Eu realmente sei onde ela está. Acredite em mim. — Sua mão ainda estava estendida na minha direção. Franzindo a testa, pensei em todos os motivos pelos quais isso provavelmente seria uma má ideia. Ele não poderia ser muito mais velho do que eu. Talvez tivesse sete anos, no máximo, mas parecia muito seguro de si. Além disso, ele não era um adulto estranho. Ele não ia me sequestrar.

— Tudo bem — respondi finalmente, deslizando minha mão na dele. Seu rosto pareceu relaxar. Eu com certeza esperava que, com a ajuda dele, nós dois não acabássemos perdidos.

— Onde estão seus pais? — perguntei, percebendo, de repente, que talvez eles pudessem ajudar.

— Por aqui em algum lugar — respondeu ele, e um pequeno franzido tocou sua testa. — Vem comigo. — Sua voz era gentil, mas firme. Ele meio que me lembrava de um adulto.

Eu o acompanhei enquanto ele ia serpenteando entre as pessoas pelo nosso caminho. Tentei olhar para os estranhos enquanto passávamos correndo, para ver se eu reconhecia alguém, mas eu parecia estar sem sorte.

— Lá está ela — disse o garoto ao interromper nossa busca e apontar o dedo em direção à calçada à nossa frente.

Com certeza, lá estava minha mãe, que inclusive parecia muito perturbada. Havia uma expressão assustada em seu rosto conforme ela pegava os braços das pessoas que passavam por perto e falava desesperadamente com elas. Percebi que estava procurando por mim.

Precisando tranquilizá-la, soltei a mão do menino e saí correndo na direção dela.

Seus olhos grandes, redondos e aterrorizados me encontraram, e ela começou a chorar e a chamar o meu nome:

— Pagan, Pagan, Pagan!

Meus olhos se abriram, e o ventilador de teto me cumprimentou, o sol entrou pela janela e minha mãe, frustrada, estava batendo na porta.

— Você vai se atrasar para a escola. Levante-se neste exato minuto.

— Estou acordada. Calma! — gritei com a voz rouca de sono e me forcei a sentar.

— Finalmente... Eu juro, garota, está ficando cada vez mais difícil acordar você. Agora, ande rápido. Fiz panquecas para o café da manhã.

— Tá, tá — murmurei e esfreguei os olhos sonolentos. Eu acabara de ter outro daqueles sonhos. Por que eu estava sonhando com pedaços da minha infância e por que eu estava só agora me dando conta de que o mesmo menino tinha me ajudado em cada uma das minhas experiências traumáticas? Eu havia me esquecido daquele dia de festival, quando me perdi, mas aquilo aconteceu. Eu me lembrava agora. E aquele menino... ele estava lá. Por que ele era tão familiar?

A porta do meu quarto se abriu suavemente, e minhas preocupações desapareceram ao ver Dank entrar. Ele havia começado a usar a porta em vez de apenas aparecer do nada e me matar de susto toda vez. Era um pequeno pedido que ele sempre tentava honrar.

— Ela está fazendo panquecas... você acha que ela me deixaria comer algumas quando eu aparecer pra te levar para a escola?

Sua voz era profunda e hipnótica. Mesmo agora, eu queria suspirar e aproveitar o calor que ela provocava em mim. Eu me levantei e eliminei a curta distância que havia entre nós. Parei bem na frente dele, coloquei as duas mãos no seu peito e sorri, olhando nos seus impressionantes olhos azuis.

— Até que Leif apareça, você não é exatamente a pessoa favorita dela. Você sabe disso.

Ele franziu a testa, e odiei que minha mãe estivesse sendo tão difícil.

Eu não gostava de provocar essa expressão de preocupação em Dank. Mas, infelizmente, com meu ex-namorado recém e inesperadamente desaparecido, minha mãe estava atribuindo a culpa a mim — por eu ter terminado com ele para ficar com outro garoto. Eu também não poderia contar a verdade. Ela pensaria que, desta vez, eu estava louca de verdade e eu nunca seria liberada da clínica psiquiátrica.

— Ei — Dank disse, estendendo a mão para segurar meu rosto —, pare. Não é culpa sua. Além disso, nós dois sabemos que eu não preciso de comida. É que as panquecas que ela faz têm um cheiro incrível.

Às vezes, é útil quando ele lê minhas emoções. Em outras, me irrita profundamente.

— Bem, talvez se você me explicasse o que exatamente quis dizer com "Leif não é humano", aí, quem sabe, eu não me sentiria tão culpada.

Dank suspirou, se sentou na minha cama e me puxou para seu colo. Seus olhos azuis ainda mantinham um vestígio do brilho que se incendiava neles quando Dank levava uma alma na hora da morte corporal. Passei os braços em volta do pescoço dele, tentando muito manter minha expressão séria. Quando ele ficava tão perto, era difícil pensar de forma coerente.

— Eu te disse que não sei exatamente o que Leif é. Só sei que ele não tem alma. Essa é a única coisa que sei com certeza.

Coloquei uma mecha do seu cabelo escuro atrás da orelha e fiz um beicinho.

— Bem, o que você *acha* que ele é?

Dank ergueu as sobrancelhas, e um sorriso sexy daqueles que formava covinhas apareceu no seu rosto.

— Fazendo beicinho, Pagan? Sério? Eu esperava mais de você. Quando foi que minha garota começou a ficar toda dissimulada para cima de mim?

Empurrei seu peito e mostrei a língua.

— Isso não é dissimulação.

Sua risada divertida provocou arrepios de prazer pela minha espinha.

— Sim, Pagan, é. Eu não gosto que você faça essa cara com beicinho. Você sabe disso.

— PAGAN, DESÇA AQUI E VENHA COMER! VOCÊ VAI SE ATRASAR — a voz da minha mãe subiu estrondosamente as escadas.

— Vá comer. Vou estar lá fora em vinte minutos para te buscar — ele sussurrou no meu ouvido antes de beijar minha têmpora e me levantar. Coloquei as mãos na cintura para discutir, mas ele desapareceu antes que eu pudesse dizer uma palavra que fosse.

— Só porque você é a Morte, não significa que pode se safar das grosserias — sibilei para o quarto vazio, apenas para o caso de ele estar perto o suficiente para me ouvir.

Com um resmungo irritado, fui ao banheiro para me arrumar.

— Você não vai ter tempo de sentar e tomar café da manhã se pretende chegar para a primeira aula antes do sinal — minha mãe disse, franzindo a testa quando entrei na cozinha.

— Eu sei, vou só levar uma panqueca comigo.

Estendi a mão para uma das panquecas que ela havia empilhado no prato no centro da mesa e me senti instantaneamente culpada por demorar tanto para me arrumar. Ela obviamente tinha se esforçado para preparar uma boa refeição quente para o início do meu dia, e eu só tinha tempo de pegar uma panqueca e comê-la a caminho do Jeep de Dank.

— Desculpa, mãe. Dormi demais. Obrigada por isso — falei, inclinando-me para beijar sua bochecha. Em seguida, peguei minha mochila de cima da mesa da cozinha.

— Preciso arranjar um despertador para você — ela murmurou e puxou uma cadeira para se sentar.

— Prometo que amanhã vou acordar trinta minutos mais cedo. Coloque o que sobrou na geladeira e a gente aquece amanhã de manhã e come juntas.

Ela não sorriu; ao invés disso, franziu a testa para sua xícara de café. Droga, ela sabia como fazer eu me sentir mal.

Puxei uma cadeira e me sentei, sabendo que levantaria com um salto em menos de três minutos, mas queria fazê-la feliz e também perguntar sobre o meu sonho.

— Você se lembra quando eu era criança e me perdi na Feira de Artes e Entretenimento?

Ela pousou a xícara e franziu a testa, pensando. Eu esperava que minha testa não enrugasse assim quando eu ficasse mais velha. Além da coisa da testa, porém, eu não me importaria de ficar parecida com a minha mãe quando chegasse na idade dela. O corte curto estilo *pageboy* fazia seu cabelo escuro parecer brilhante, e suas pernas eram atraentes para uma mulher mais velha.

— Hum... acho que sim. OH! Sim, aquela vez em que eu estava com as mãos cheias de livros e era para você segurar a minha saia. Deus, aquilo foi um terror. Lembro do momento em que percebi que você não estava mais me segurando e, quando virei, você não estava mais lá. Meu coração parou. Acho que você eliminou uns cinco anos da minha vida naquele dia.

Então foi real. Os olhos castanho-escuros da minha mãe espiaram por cima da xícara de café enquanto ela tomava um gole. Eu queria fazer mais perguntas, mas sua testa franzida me deteve. Sua atenção estava fixa por cima do meu ombro, na direção da janela. Dank estava aqui. Eu odiava que ela pensasse que meu namoro com ele tinha algo a ver com o desaparecimento de Leif. O fato é que nunca tive a chance de terminar com Leif. Ele havia desaparecido antes que eu tivesse oportunidade disso, mas explicar essa situação à minha mãe tornava as coisas ainda piores. Se eu não soubesse que Leif não era humano, também ficaria preocupada, mas eu sabia a verdade.

— Tenho que ir, mãe. Te amo! — gritei, indo em direção à porta. Eu não queria ouvir seu sermão sobre eu dever demonstrar mais preocupação por Leif ter fugido.

— *Está quase na hora.*

Fiquei paralisada nos degraus da frente da casa. Minha mão se estendeu involuntariamente e agarrou o corrimão de ferro frio. Eu conhecia aquela voz.

— Pagan. — Dank estava na minha frente instantaneamente.

PREDESTINADA

Erguendo os olhos para encontrar os dele, eu balancei a cabeça para clarear as ideias.

— Você... você viu alguém ou... hum, alguma coisa? — tropecei nas palavras, ainda cambaleando, depois de ter escutado aquela voz diretamente no meu ouvido.

Os olhos de Dank passaram do tom brilhante normal para um azul faiscante.

— Pagan, seus olhos. — Ele estendeu a mão e segurou meu rosto enquanto me estudava. A Morte não deveria temer nada; ainda assim, eu podia ver o medo em cada vinco da sua expressão. O fato de seus olhos parecerem chamas azuis significava alguma coisa.

— O que tem nos meus olhos? — perguntei, num sussurro de pânico.

Dank me puxou forte para perto dele.

— Venha, vamos embora.

Eu o deixei quase me carregar para o Jeep e até mesmo me colocar no banco e prender meu cinto.

— Dank, me fala o que foi — implorei, enquanto ele me beijava suavemente nos lábios.

— Nada. Nada que eu não possa resolver — ele me garantiu e pressionou a testa na minha. — Preste atenção, Pagan, você não tem nenhum motivo para se preocupar. Eu cuido disso. Lembre-se do que eu te disse. O que a Morte protege não pode ser prejudicado e... — A ponta do seu polegar acariciou minha bochecha. —Amor, você é a única coisa que eu protejo.

Aqueles arrepios que eu nunca parecia capaz de controlar, quando sua voz baixava uma oitava e ficava toda macia e sexy, pareciam fazê-lo feliz. Ele sempre me dava um sorriso sexy quando eu estremecia.

— Certo, mas eu ouvi uma voz. No meu ouvido. Daquele mesmo jeito de quando você fala comigo, mas não está por perto.

Dank ficou tenso e respirou fundo.

— Você ouviu?

Fiz que sim e observei-o fechar os olhos com força; um rosnado raivoso vibrou através do seu peito.

— Ninguém chega tão perto de você. *Nada* chega tão perto de você.

Ele beijou a ponta do meu nariz e fechou a porta, antes de aparecer no banco do motorista ao meu lado. Eu esperava que ele não estivesse tão ocupado a ponto de não prestar atenção na minha mãe. Se ela estivesse olhando pela janela agora, as coisas poderiam ficar complicadas.

— Ela já está fechada no quarto, escrevendo — disse Dank, enquanto ligava o Jeep e saía para a rua.

Não perguntei como ele sabia dos meus pensamentos naquele momento. Eu já tinha me acostumado a isso; eu não conseguia me preocupar com nada sem ele saber. Ele estava obcecado em resolver todos os meus problemas. Normalmente, isso me deixaria frustrada, mas, agora, com os problemas que me rondavam, eu precisava dele.

— O que a voz te disse?

Seu tom era tenso e eu percebi que ele tentava controlar aquele silvo de raiva provocado por ciúmes — um ruído que me divertia. No momento, porém, não era nada divertido. De forma alguma.

— "Está quase na hora" — revelei, estudando sua reação.

Sua mão esquerda apertou o volante quando ele estendeu a direita e a pousou na minha coxa.

— Vou tratar disso imediatamente. Eu não vi nada, mas senti. No momento em que você congelou, eu senti. Não é uma alma. Não é uma divindade. Não é nada com que eu esteja familiarizado, mas isso deixa apenas algumas opções possíveis. E, acredite em mim, Pagan, nenhuma dessas coisas é páreo para mim. Então, pare de se preocupar. Eu sou a Morte, amor. Lembre-se disso.

Soltei um suspiro e cobri sua mão com a minha.

— Eu sei — respondi, e comecei a traçar corações em sua mão com a ponta do dedo.

— Senti sua falta ontem à noite — sussurrou ele.

Sorri para sua mão enquanto ele a virava e segurava as minhas. Eu gostava de saber que ele sentia a minha falta.

— Que bom.

Uma risada divertida foi sua resposta.

Capítulo 2

Quando Dank entrou no estacionamento da escola, fiz minha varredura diária para ver se encontrava a caminhonete do Leif. E, assim como nos dias anteriores, ela estava ausente de onde ele costumava estacioná-la. Em vez de alguém pegar a cobiçada vaga de estacionamento do cara mais popular da escola, ela permanecia vazia. Era como se todos estivessem esperando. Querendo saber.

A última vez que vi Leif foi no dia em que pensei que Dank estava perdido para sempre. Gee, uma transportadora que estava tentando matar meu corpo e forçar a mão da Morte — mas que estranhamente tinha se tornado minha amiga —, havia conseguido remover a alma do meu corpo sem a ajuda da Morte. O problema: era tarde demais. A Morte já havia quebrado as regras e tinha que pagar por isso. Fiquei com a decisão de me tornar uma alma perdida e errante ou voltar para o meu corpo e viver. Mesmo que o único cara que eu já tivesse amado estivesse queimando no Inferno como um anjo caído, por não fazer seu trabalho quando era hora de tirar minha vida. Gee explicou que Dank seria atormentado ainda mais nas profundezas do Inferno se soubesse que eu era uma alma perdida. Ele iria gostar de saber que eu permanecia viva. Que seu sacrifício tinha servido para alguma coisa. Eu faria de tudo para aliviar sua dor. Voltei ao meu corpo naquela manhã e escolhi a vida. *Por ele.*

Então, ele estava na escola naquela manhã e eu nem sequer tive um momento para conversar com Leif e explicar. Eu tinha simplesmente corrido para os braços de Dank. Depois que ele me explicou tudo e então largou a bomba de que Leif não era humano, fomos procurá-lo, mas Leif Montgomery tinha desaparecido. Isso já fazia um mês.

— Não faça essa cara — a voz de Dank interrompeu meus

pensamentos, enquanto sua mão segurava meu rosto e me estudava. Ele podia ouvir meus medos. Não havia razão para explicar minha mudança repentina de humor.

— Algum dia ele vai voltar?

Dank deixou escapar um suspiro enquanto olhava por cima do meu ombro.

— Receio que sim.

— Por que isso parece te incomodar? Sei que você diz que Leif não tem alma, mas conheço Leif. Eu convivi com ele. Ele não é mau. Ele é incrivelmente doce.

Aqueles olhos azuis que eu amava se iluminaram, e o brilho com o qual eu estava me acostumando me avisaram que eu tinha dito a coisa errada. Dank não lidava bem com o ciúme. Era algo completamente novo para ele, e não conseguia controlar.

— Leif é o que ele precisa ser. Ele foi criado, Pagan. Ele fez a função dele. Ele não é *doce*. Não tem alma.

Eu me inclinei e beijei sua mandíbula, em seguida, sussurrei:

— Calma, garotão. Nós dois sabemos quem é o dono da minha alma.

— Isso mesmo — Dank respondeu e então mordiscou minha orelha. — E não se esqueça disso.

Estremeci com seu hálito quente na minha pele.

Uma batida na janela me assustou e eu me afastei do meu namorado sexy. Quando virei, encontrei Miranda, minha melhor amiga, olhando para mim com uma expressão divertida.

— Salva pela melhor amiga — Dank murmurou, dando um último beijo no meu pescoço antes de pegar minha mochila e abrir a porta do carro. Parecendo um deus grego, ele saiu para o sol da manhã. O jeans leve e perfeitamente caído cobria sua bunda de um jeito delicioso. Dank arrasava com uma camiseta justinha, algo que ele fazia diariamente. Hoje, a camiseta que destacava seu peito impressionante era azul-escura. Suas botas pretas nunca mudavam, mas eu gostava delas. Eram totalmente sexy. Ele parecia um cara fodão, mesmo com minha mochila vermelha no ombro esquerdo. Observei com fascinação impotente quando ele passou em seu típico jeito despreocupado na frente do Jeep para abrir a minha porta. Eu tinha aprendido da maneira mais difícil a não abrir minha própria porta no carro. Ele não gostava. Eu podia sentir os olhos de Miranda em mim, mas não me importei. Ela que me visse babar pelo meu namorado. Além disso, ela entendia completamente. Miranda pensava, como o resto do mundo, que Dank Walker era o vocalista da banda de rock Alma Fria. Irônico, eu sei. Dank cantava com a banda, mas não se reunia com ela com frequência. Miranda era uma tiete de marca maior.

Dank abriu a porta e eu saí, finalmente tirando os olhos dele para encontrar o olhar da minha amiga.

— Bom dia para você também — brincou Miranda, passando o braço no meu. — Eu estava aqui me perguntando quanto tempo você levaria para parar de olhar pro seu namorado roqueiro como um cachorrinho adorador e me notar.

Dei uma cotovelada nela.

— Cala a boca.

Ela deu uma risadinha.

— Menina, não vem me dizer que você está tentando ser sutil com os seus olhares, porque você fracassou. Esse cara sabe que você quer o corpo dele.

— Ah, para com isso — sibilei.

Dank veio por trás de mim, o que deu um frio gigante na minha barriga.

— Ela não pode querer meu corpo mais do que eu quero o dela.

Miranda começou a se abanar com a mão.

— Meu Senhor, tenha piedade, acho que vou desmaiar.

A mão de Dank cobriu a minha e ele a apertou.

— Te encontro lá dentro. Vou levar isso para o seu armário.

Ele sempre era ótimo em me conceder tempo a sós com Miranda. Balancei a cabeça, nem mesmo me importando que eu tivesse um sorriso bobo no rosto.

Miranda deslizou os óculos de sol para cima e os colocou no topo da cabeça. Seus cachos estavam perfeitamente arrumados, o que eu sabia por experiência que levava horas para fazer. A menina dormia de bobes como se fosse 1980 ou algo assim. Seus olhos castanhos brilhavam, observando a bunda do meu namorado entrar na escola.

— Isso é o que eu chamo de uma bela...

— Miranda! — Eu a empurrei com um sorriso largo porque claro que ela estava certa. Mesmo assim, ela não precisava dizer em voz alta.

— Somos ciumentas por aqui, hein? — brincou ela.

Apenas revirei os olhos.

O olhar de Miranda se desviou para a vaga de estacionamento vazia de Leif. Não consegui explicar a Miranda sobre ele. Ela nem sabia que eu via pessoas mortas ou, como Dank gostava de dizer, "almas errantes". Até conhecer Dank, eu tivera que viver com meu segredo.

— Onde será que ele está?

Quando Leif desapareceu, Dank e eu decidimos manter nosso relacionamento escondido. Só na semana passada foi que começamos a assumir. Quando as autoridades e os pais de Leif me questionaram, eu disse a ambos que Leif e eu tínhamos acabado de encerrar nosso namoro. Que tinha sido uma decisão dele. O que não era uma mentira total; ele, de fato, tinha desaparecido sem deixar vestígios. Esse era um jeito de interromper as coisas. No início, seus pais ligavam diariamente para me perguntar se eu tinha notícias dele, mas pararam depois que Leif ligou e garantiu que estava bem. Pelo visto, ele disse que precisava de um tempo longe para lidar com os problemas. De alguma forma estranha, depois dessa ligação, seus pais pareceram ficar completamente à vontade com seu desaparecimento. Eles não voltaram mais. Eu até vi a mãe dele no supermercado na semana passada, e ela deu um sorriso enorme para mim como se não tivesse uma preocupação sequer no mundo. O pessoal da escola estava lentamente fazendo a mesma coisa. Ninguém o mencionava mais com muita frequência. Era... estranho.

— Então, você estudou para a prova de Trigonometria? — Miranda perguntou, sorrindo, como se não tivesse acabado de demonstrar preocupação por Leif. De novo... estranho.

— Estudei. Ontem fui até tarde.

Miranda gemeu e jogou o cabelo por cima do ombro. Era um dos seus maneirismos dramáticos que me fazia rir.

— Se eu ficar abaixo da média, meus pais vão me trancar no sótão pelo resto da vida. Você vai ter que passar comida para mim por baixo da porta.

— Duvido que seja tão ruim assim. Além do mais, você estudou, não estudou?

Ela revirou os olhos e olhou para mim.

— Um pouco. Sim.

— Você assistiu *Pretty Little Liars* ontem à noite, não?

Com um suspiro profundo que fez seus ombros se moverem para cima e para baixo, ela respondeu:

— Assisti. O episódio da semana passada e o desta semana. Não consigo evitar. Tenho uma queda pelo Caleb.

Agarrei o braço dela e a puxei para dentro.

— Vamos para a biblioteca. Temos trinta minutos e você não vai ficar trancada em um sótão pelo resto da vida.

Miranda sorriu para mim.

— Eu te amo.

— Idem.

Com sorte, o fantasma da biblioteca estaria em outro lugar hoje. A alma que sempre vagava por lá me distraía demais.

Dank

Observei Pagan conduzir Miranda até a biblioteca. Ela ficaria ocupada por um tempo, e eu precisava ir a um determinado lugar. Havia uma alma que eu não queria deixar esperando por mim; eu esperava estar lá para a morte dela. Assim que Pagan entrou na biblioteca e eu soube que ela estava em segurança, pelo menos por enquanto, eu saí.

Antes de Pagan, eu não entendia o amor. Antes dela, levar as almas tinha sido fácil. Agora, eu conhecia as emoções. Eu conhecia a dor e o sentimento de perda, e isso tornava meu propósito mais difícil. Principalmente com os mais jovens. Mesmo sabendo que eles teriam outra vida em breve, eu entendia a dor da família quando perdia alguém que amava. Afinal, embora a alma daquela criança fosse voltar, não seria a mesma coisa. Eles não saberiam que a criança que amavam retornaria para eles quando sua alma ganhasse uma nova vida.

— Está na hora, não é? — O menino ergueu os olhos para mim quando entrei em seu quarto de hospital. Eu já tinha falado com ele antes. Na verdade, várias vezes. Eu queria que ele soubesse que morreria em breve, mas, se seguisse minhas instruções, receberia outra vida. Sua alma continuaria viva. Aquela vida simplesmente chegaria ao fim. Seu lábio inferior tremia enquanto ele olhava para mim.

— Sim, está na hora.

— Vai doer?

Balancei a cabeça de um lado para o outro.

— Eu prometi que não doeria, não prometi?

Ele fez que sim e puxou o dinossauro verde-escuro para mais perto do peito, colocando-o sob o queixo. Fazia uma semana desde a última vez que eu estivera ali. Seu rosto estava mais tenso e as olheiras, mais escuras. A doença estava tomando conta.

— Mamãe acha que vou melhorar. Tentei dizer a ela que eu não ia.

O aperto no meu peito apareceu. Costumava ser tão fácil...

— Aqueles que te amam não querem aceitar que seu corpo nesta vida ficou muito doente para continuar, mas lembre-se: você vai voltar. Você vai nascer em um novo corpo e vai retornar a esta família. Talvez não amanhã ou no dia seguinte, mas um dia você vai voltar.

Ele fungou e esfregou o nariz no bicho de pelúcia que ele obviamente amava.

— Sim, mas você disse que eu não me lembraria desta vida. Eu ia esquecer quem eu tinha sido. Não quero esquecer a mamãe e o papai. Não quero esquecer a Jessi. Mesmo que ela possa ser chata às vezes, ela é minha irmã mais velha.

É por isso que a Morte não tinha sido feita para sentir emoções. Eu queria aconchegar a criança nos meus braços e fazer falsas promessas, qualquer coisa para aliviar seu medo. No entanto, aquele era o destino dele. Ele logo voltaria. Eu já tinha perguntado sobre sua alma depois de conhecê-lo. Sua irmã tinha dezesseis anos. Em mais seis, ela daria à luz um menino, que ia batizar com o nome do irmão, e essa alma voltaria.

— Eu sei, mas você tem que confiar em mim. É assim que a vida funciona. Você pode não se lembrar desta vida, mas sua alma sempre vai estar apegada àqueles que você ama. Sua alma vai ficar feliz e, embora você não se lembre, ela vai se sentir como se tivesse voltado para casa.

O garotinho assentiu e soltou o dinossauro.

— Mamãe acabou de sair para buscar sorvete para mim. Podemos esperar até ela voltar? Quero dizer adeus a ela. — Ele engasgou com as últimas palavras.

Balancei a cabeça em sinal afirmativo e recuei quando a porta do quarto se abriu. Sua mãe entrou. Ela também estava mais magra desde a minha última visita, e a tristeza e o medo que emanavam dela eram de tirar o fôlego. Pelas suas olheiras escuras, quase parecia que ela é que ia morrer naquele dia.

— Desculpe demorar tanto, querido. Tive que ir ao andar de cima para pegar o sorvete que você gosta. — Ela correu para o lado dele. As roupas amassadas pendiam do seu corpo frágil. Ela já estava de luto. Ela sabia. Podia ter dito ao filho que ele iria melhorar, mas ela sabia.

— Mamãe — disse sua voz fraca com mais força do que eu esperava.

Observei a criança pegar a mão da mãe. Ele estava prestes a confortá-la. Seu corpo podia ser jovem, mas sua alma não era. Ele tinha uma alma antiga que vira muitas vidas. No momento da morte, a alma começava a assumir o controle. Mesmo que sua mente fosse a de uma criança de cinco anos, sua alma sabia que a mãe precisava que ele fosse forte naquele momento.

— Eu te amo — declarou ele, e um soluço sacudiu seu corpo. Eu queria abraçá-la para ajudar a aliviar a dor, mas não podia. A Morte não tinha sido feita para confortar.

— Eu também te amo, meu querido menino — ela sussurrou, apertando sua pequena mão na dela.

— Eu nunca vou embora de verdade, tá? Não fique triste.

Ele tentou explicar para ela, como tantos outros antes já tinham tentado explicar àqueles que estavam deixando para trás, que eles voltariam. Mas, como todos os humanos, ela começou a chorar e sacudir a cabeça em negação. Enfrentar a perda do filho era demais para sua mente compreender.

— Não fale assim, bebê. Nós vamos lutar contra isso — disse ela, com uma ferocidade que só uma mãe desesperada poderia reunir em um momento como aquele.

— Não, mamãe. Preciso ir agora, mas prometo que sempre vou estar aqui.

Eu me aproximei dele enquanto a mãe cobria seu pequeno corpo com o dela. Ele estendeu a pequena mãozinha para a minha, e eu a agarrei. Ele acenou com a cabeça e eu peguei sua alma.

— Você sempre me chama para os difíceis. E por quê? Hein? Porque sua namorada gosta de mim, então você está tentando se vingar? — Gee resmungou, enquanto entrava no quarto do hospital.

— Isso não tem nada a ver com você, Gee. É a criança. Transporte a alma dele agora. Ele não precisa ver o resto. Ele precisa subir.

Gee olhou para a mãe chorando sobre o corpo que outrora tinha abrigado a alma do menino. Os soluços da mulher começaram a ficar mais intensos, e as enfermeiras vieram correndo quarto adentro, gritando. No mesmo instante, Gee pegou a mão da alma e saiu sem dizer outra palavra. Ela podia ser um pé no saco, mas não era desprovida de coração. Era por isso que eu sempre mandava chamá-la quando se tratava de uma morte como aquela. Com um último olhar para a mãe enlutada, saí do quarto. Ela amaria seu neto um dia e o abraçaria e contaria tudo sobre o tio dele. A alma poderia não se lembrar daquela vida, mas saberia como seu tio havia lutado e que a vida que ele só vivera por pouco tempo nunca seria esquecida. Em sua vida seguinte, ele envelheceria com seus próprios netos para contar histórias.

CAPÍTULO 3

— Oi — murmurou Pagan, em seu tom suave, sexy e doce, que significava que ela sentia minha falta. Normalmente, eu não saía durante o dia para levar almas. Apenas as difíceis ou aquelas com as quais eu tinha criado uma conexão. Eu não precisava estar presente para um corpo morrer; só tinha que estar lá para tirar a alma presa ao corpo. Então, embora as pessoas morressem a cada segundo de cada dia, não significava que eu estivesse lá naquele determinado momento. Era por isso que as pessoas costumavam ver o "fantasma" de seus entes queridos horas após a morte. Era porque a alma tinha ficado presa ao corpo até eu ir buscá-la. Além disso, também havia as almas que se recusavam a partir. As que não queriam ir embora. As que se tornavam almas perdidas e perambulavam pela Terra, confusas por toda a eternidade.

— Você parece... triste — ela apontou, envolvendo os braços na minha cintura.

— Só estou pensando — assegurei-lhe, puxando-a com força para junto do meu peito.

— Você acabou de levar uma alma, não foi? — respondeu ela, me estudando.

Fiz que sim.

— Uma criança?

Fiz que sim outra vez.

— Um menino.

Ela entendia. Já havíamos conversado sobre isso antes. Havia muitas coisas que ela queria saber e eu não conseguia me segurar com a Pagan. Eu simplesmente não conseguia dizer "não" a essa garota.

— Quando ele volta?

— Daqui a seis anos.

— Quem o levou?

— Gee.

— Ah, que bom. Ele vai gostar dela.

Eu sorri. Gee não era o ser mais agradável que eu já tinha conhecido, mas, por alguma estranha razão, Pagan gostava dela. Mesmo quando ela achava que Gee era uma adolescente com esquizofrenia.

Ela encostou a cabeça no meu peito e suspirou. A morte não era algo com que Pagan lidava bem, mas ela estava aprendendo a entender mais a esse respeito.

Pagan

A árvore não era tão grande. O estúpido Wyatt não sabia de nada. Só porque eu era uma menina, não significava que eu não pudesse subir também. Eu ia mostrar pra ele. Quando ele chegasse aqui, eu estaria lá em cima. Queria só ver se ele ia achar que as meninas não conseguem fazer coisas que os meninos fazem. RÁ! A gente sabe fazer melhor, porque simplesmente somos mais legais.

Lancei um olhar para trás para ver se minha mãe estava observando da janela da cozinha. Como encontrei tudo livre, agarrei a casca áspera do tronco, quente e pegajosa. Quando estava com os braços e pernas presos firmemente ao redor do tronco, comecei a me impulsionar para cima, pouquinho a pouquinho. Eu simplesmente não conseguia olhar para baixo. Eu continuaria subindo até chegar ao topo. Não havia razão para olhar para baixo; só me atrapalharia. Uma lasca de madeira cortou minha mão e eu gritei, puxando-a para ver se estava sangrando. Havia uma pequena farpa espetada na palma. Eu pressionei a palma na boca e usei os dentes para puxá-la. Sorrindo com satisfação, uma vez que a pequena farpa dolorosa estava agora firmemente entre os meus dentes, eu arranquei a coisa ofensiva e a cuspi.

Viu só? Eu era tão durona quanto qualquer garoto. Wyatt e sua boca idiota não iam mais poder dizer que eu era fraca. Eu queria só ver! Continuei minha subida. Talvez, quando ele visse o quanto eu era melhor do que ele porque eu conseguia subir mais alto, ele me deixasse entrar em sua nova casa na árvore. Afinal, aquela plaquinha "só meninos" parecia muito idiota. Minha mãe disse que eu precisava ignorá-los e deixar os meninos terem seu esconderijo especial, mas eu não conseguia. Não era nem um pouco justo; afinal, eu é que tinha tido a ideia de fazer uma casa na árvore, para começo de conversa. Além disso, tudo que Miranda queria fazer era se maquiar e pintar as unhas. Quem queria perder tempo fazendo essas coisas? Eu é que não! De jeito nenhum.

Meu pé escorregou e eu apertei o tronco, tentando não entrar em pânico. Eu ia conseguir. Minhas mãos começaram a suar e minha firmeza estava sumindo. Isso não era bom. Mudei o braço de lugar para encontrar um ponto onde me segurar além do tronco da árvore, quando meu outro pé escorregou e eu caí vertiginosamente para trás. Tentei gritar, mas não saiu nada. Fechei os olhos com força e esperei o chão bater nas minhas costas. Isso ia doer.

— Humpf, peguei você — disse uma voz familiar, e eu abri os olhos para ver um menino me encarando. Ele estava me segurando. Estranho. Balancei a cabeça e olhei para a árvore da qual havia acabado de cair. Tentei me lembrar de onde eu conhecia aquele menino. Será que eu havia batido a cabeça e ele me pegou?

— Hum — respondi, ainda confusa. Eu estava caindo. Então... De repente esse menino estava me segurando e falando.

— O que você estava fazendo lá em cima? Aquilo era alto demais.

Voltei o olhar para ele outra vez.

— Hum, eu, ah... você me pegou? — falei, sem acreditar.

Ele sorriu e a cor azul-bebê dos seus olhos pareceu escurecer.

— Peguei. Por que mais você acha que não está estatelada no chão com alguns ossos quebrados?

Balancei a cabeça e fiz força para ficar de pé. Ele me colocou no chão com facilidade e, mais uma vez, fiquei surpresa em ver como ele parecia familiar. Ele era da nossa escola?

— De onde você veio?

Ele deu de ombros.

— Estava só passando. Vi você subindo muito alto e vim ver se precisava de ajuda.

— *Eu te conheço?* — indaguei, vendo seu rosto assumir um sorriso estranho.

— *Eu queria que sim, mas não conhece. Ainda não. Não é hora.*

— *O que você quer dizer?*

Ele era estranho e falava como um adulto.

— *Pagan Moore, venha aqui se quiser dar uma espiada na minha casa na árvore antes de os meninos chegarem.* — *Wyatt estava parado na rua, sorrindo para mim, como se tivesse acabado de me oferecer um milhão de dólares.*

O que ele estava querendo dizer com uma "olhada"? Eu queria ENTRAR, não dar uma olhada idiota. Olhei de volta para trás, procurando o menino que tinha me pegado para ver se ele queria ir também, mas ele havia sumido.

— *Quase na hora, quase na hora, quase na hora, quase na hora.*

Sentei na cama, ofegante, e o murmúrio no meu ouvido sumiu. A mesma voz do dia anterior. Eu conhecia aquela voz, não conhecia? E o que significava dizer "quase na hora"?

Baixei a cabeça nas mãos e suspirei. O que estava acontecendo comigo? Esses sonhos pareciam muito reais, como memórias que eu tinha esquecido. O mesmo garoto. A mesma voz.

Fitei por entre os dedos a luz que mal entrava pela minha janela. O sol ainda nem tinha nascido completamente. De jeito nenhum eu voltaria a dormir. Minha mãe ficaria feliz por eu ter conseguido acordar a tempo de tomar café da manhã com ela hoje. O sonho ia me incomodar. Eu precisava perguntar a Wyatt sobre aquela árvore. Será que eu tinha contado para ele sobre a queda? Não conseguia me recordar. Talvez ele se lembrasse.

Saí da cama, penteei o cabelo e fiquei na beira da janela, olhando para o carvalho antigo. Parecia que havia outra memória ligada àquela árvore, mas eu não conseguia resgatá-la. Larguei a escova, calcei os chinelos e saí do quarto. Eu queria ir lá fora. Era quase como se a árvore, de repente, exercesse algum tipo de atração invisível.

O ar frio da manhã me fez tremer enquanto eu descia os degraus da varanda e cruzava a grama úmida. Um casaco teria sido uma decisão sábia, mas eu estava muito ansiosa para ver a árvore.

Procurando algo estranho ou fora de lugar no quintal, fui até lá. Era a mesma de sempre. Nunca mudava realmente. Talvez aquele galho mais baixo agora fosse mais fácil de alcançar. Observei com atenção aquele lugar na árvore que eu me lembrava de ter alcançado antes de cair e calculei de que altura tinha sido a queda. Será que um menino poderia realmente me pegar e não cair junto com o impacto? Parecia altamente improvável.

Dank

Ela estava com medo. Eu podia sentir mesmo a um continente de distância. Olhei de volta para Gee e franzi a testa, porque ainda não tínhamos terminado. Eu ainda tinha mais oitocentas almas para coletar antes que pudesse encerrar o dia.

— Precisamos nos apressar — retruquei, ao me virar para deixar a alma teimosa que não estava disposta a partir.

— Espere, você não vai me ajudar a convencer esta a ir embora? Quer dizer, vamos, garoto apaixonado, sei que quer voltar para sua namorada e tudo mais, mas temos um trabalho a fazer.

— E essa aí está sendo teimosa. Deixe-a vagar por toda a eternidade, se é isso o que ela quer. Eu tentei.

Gee franziu a testa e eliminou a distância que havia entre nós.

— Ela está bem? Eu posso ir. Você pode convocar outra pessoa para...

— Não. Ela precisa de mim. Vamos. Essa aí é uma causa perdida.

— Credo! Caramba, como você é impaciente! — Gee disparou de volta.

— Não tenho tempo para isso. Pegue a alma ou deixe ela aí. Eu não me importo. — A necessidade de ir até Pagan estava me consumindo. Eu não conseguia me concentrar. — Faça o que puder com essa aí. Vou te encontrar na próxima parada. Tenho que ver como ela está. — Não esperei a resposta de Gee.

Ela estava do lado de fora, no quintal da casa dela, olhando para um carvalho velho. Seu cabelo estava solto nas costas, fazendo ondas suaves recém-escovadas, que pareciam inadequadas em comparação com a calça de pijama e a regata.

— Você está bem? — perguntei, me aproximando pelas costas para envolvê-la nos meus braços.

Ela nem se assustava mais. Minha aparição do nada tinha se tornado algo normal para ela. Esse pensamento me fez sorrir, mas a preocupação de Pagan apagou o sorriso do meu rosto rapidamente. Algo a estava incomodando.

— Por que você está aí fora tão cedo olhando para uma árvore? — indaguei, apoiando o queixo no topo da sua cabeça.

— Tive um sonho. Não foi o primeiro. Eu acho que... Acho que eles têm alguma coisa a ver com aquela voz.

Abracei-a mais forte e esquadrinhei o quintal na luz do início da manhã. Não havia nada ali além de nós dois. Ela estava segura, lembrei a mim mesmo.

— Me conta sobre os sonhos — incentivei.

Ela colocou as mãos sobre as minhas e deixou a cabeça cair para trás no meu ombro.

— São todas memórias da minha infância. Memórias que eu tinha esquecido. Em todas elas, esse menino aparece. O mesmo. Ele sempre me ajuda. Não me lembrava dele até os sonhos começarem, mas agora acho que são memórias reais, não apenas sonhos. Posso me lembrar deles tão claramente que é como se eu estivesse lá. — Ela parou por um momento e apontou para a árvore à nossa frente. — Essa árvore, eu subi nela uma vez. Estava com raiva porque Wyatt disse que eu não conseguiria só por ser menina. Eu queria provar que ele estava errado. Subi, mas caí... e ele me segurou.

— Wyatt?

Ela balançou a cabeça.

— Não. O menino. Ele me ajudou a encontrar minha mãe no meio da multidão quando me perdi e outras vezes também. Eu o vi. Eu o conheço.

O rosnado zangado e ciumento escapou de mim antes que eu pudesse detê-lo.

Pagan se virou nos meus braços com um sobressalto e franziu a testa para mim.

— O quê?

Balancei a cabeça de um lado para o outro e dei um passo para trás. Essa ainda não era uma emoção na qual eu era bom. Estava começando a me questionar se algum dia seria. Eu era egoísta e possessivo. Pagan era minha.

— Você acredita que ele é real? — consegui perguntar com certa dificuldade. Eu precisava manter o foco no problema em questão. Odiava saber que outra pessoa a tinha salvado quando ela era criança. Não me fazia bem. Havia algo de errado, porque ela havia esquecido e agora as memórias estavam de volta. A voz. Eu precisava encontrar essa voz.

— Acredito. Acho que o menino é a voz no meu ouvido. — Ela apertou meus braços. — Pare de rosnar, Dank. Você não é um animal. Caramba.

Ela estava certa, é claro, mas eu estava com raiva. A necessidade possessiva de reivindicá-la como minha era esmagadora. Aquela voz estava perto demais dela e estava entrando nos seus sonhos. Era à noite, quando eu estava longe, que ele se aproximava. Eu teria que mudar isso. Chega de sonhos. Eu só precisaria sair mais durante o dia. Odiava ficar longe dela quando ela estava acordada, mas não me restava muita escolha. Essa... essa *coisa* estava perto demais dela.

— Não vou mais te deixar sozinha à noite. Não até que eu tenha terminado com isso.

Pagan franziu a testa e balançou a cabeça.

— Não. Não quero que você fique longe durante o dia. Vou sentir sua falta.

Eu também sentiria falta dela.

— Não gosto que ele fique tão perto de você. Ele está entrando na sua cabeça à noite porque não estou presente para senti-lo. Para impedi-lo.

Ela mordeu o lábio e observou meu peito por um momento; por fim, olhou para mim.

— E quanto à Gee?

— O que tem ela?

— Ela poderia ficar comigo. Por enquanto.

Ela poderia. Ela não ficaria louca de vontade de fazer isso, mas Gee gostava de Pagan tanto quanto Pagan gostava dela. Eu poderia confiar que a transportadora me avisaria se Pagan precisasse de mim.

— Vou falar com a Gee.

Pagan sorriu para mim e colocou os braços em volta do meu pescoço.

— É tão fácil lidar com você. Quase nunca tenho que discutir.

Beijei a ponta do nariz dela.

— Eu gosto de te fazer sorrir, Pagan.

— E eu gosto de ouvir sua voz sexy dizer coisas doces para mim — ela respondeu. — Me beija, Dank — ela sussurrou, pressionando os lábios nos meus. Isso não era algo que eu encorajasse. Das poucas vezes que tínhamos nos beijado, sua alma havia tentado se libertar do corpo. Eu não conseguia compreender como impedir que isso acontecesse. Nossos beijos eram sempre curtos. Agora, outras coisas... passávamos um tempo fazendo essas outras coisas.

— Hummm... você acha que pode segurar essa alma dentro de você dessa vez? — murmurei nos lábios dela.

Ela riu.

— Vou tentar.

O sabor da sua língua doce despachou todos os outros pensamentos para longe da minha mente. Naquele mesmo instante, eu tinha uma única necessidade. Um propósito. Pagan. A satisfação foi me permeando conforme eu corria a língua pelo seu lábio inferior, lutando contra o desejo de dar uma mordida. O formato cheio dos lábios sempre tinha sido uma tentação para mim. Um leve gemido me devolveu os sentidos, e percebi sua alma começar a reagir à atração que sentia por mim. Delicadamente, interrompi o beijo e coloquei certa distância entre nós. Ficamos ali nos encarando, famintos, com a respiração rasa e rápida.

— Desculpe — ela sussurrou.

Balancei a cabeça e sorri para suas desculpas inocentes. Sua alma sabia que pertencia a mim. O fato de que Pagan estava tão disposta a se render era realmente precioso. Mesmo que isso me causasse extrema frustração, quando eu queria envolvê-la nos meus braços e beijá-la até fazê-la perder os sentidos, por horas a fio. Até que encontrássemos uma resposta para a atração da sua alma por mim, isso não aconteceria.

— Não se desculpe, Pagan. — Estendi a mão para pegar a dela e trazê-la aos lábios. — É hora de entrar e se arrumar. Acredito que você tenha prometido à sua mãe que iria se sentar à mesa para tomar o café da manhã com ela hoje.

Ela fez que sim e apertou minha mão, antes de se virar e entrar. Quando alcançou a porta, olhou para mim.

— Te vejo logo.

— Sempre — prometi.

PREDESTINADA

CAPÍTULO 4

No segundo em que ela entrou e fechou a porta, eu senti. Fechei os olhos e deixei os sentidos assumirem a dianteira. Abri-os lentamente e examinei o quintal até que meus olhos pousaram na fonte dos sonhos de Pagan. Eu já tinha visto esse espírito antes. O brilho frio zombeteiro em seus olhos me encarava, enquanto ele tirava não um, mas os dois cigarros que pendiam de sua boca.

— O que você quer com a Pagan? — questionei, prendendo-o no lugar com o meu olhar. O senhor espiritual podia ser capaz de manipular os humanos e suas vidas, mas não tinha poder sobre mim. Eu tinha todas as chaves. Sem mim, essa entidade vodu que governava o espírito dos mortos não seria nada. Seus poderes vinham daqueles que acreditavam nele. Acabava nas minhas mãos.

— Ela pertence a mim. — O espírito arrogante manteve seu foco em mim. Eu podia ver a cautela em seus olhos negros. Ele sabia que era inferior.

— Não. Ela não pertence.

O senhor espiritual recuou. Seu movimento foi mais um deslizar do que uma caminhada enquanto ele interpunha distância entre nós. O rosnado no meu peito encontrou os ouvidos, e eu entendi sua necessidade repentina de obter espaço.

— A menina está marcada como uma restituição. A mãe dela fez o acordo. Ela sabe o preço.

O quê? Não querendo arrancar meus olhos daquele que governava os espíritos dos mortos e verificar se Pagan estava nos observando da janela, neguei sua tentativa de ganhar distância e olhei friamente nos olhos do que só poderia ser considerado um demônio para os humanos. O culto e a crença daqueles que praticavam vodu era a fonte de onde ele tirava seu único poder. Sem eles, ele não existiria.

— Pagan Moore é minha. Deixe-a em paz. Você nunca me desafiou antes, mas posso garantir que um senhor espiritual vodu não é páreo para mim. Você sabe disso.

A rachadura na pose do senhor espiritual vodu era evidente. Ele recuou.

— Mas a restituição deve ser feita.

— NÃO com a Pagan, não. Qualquer acordo que você tenha feito com a mãe dela é com a mãe dela. Pagan não teve nada a ver com isso.

— Você nunca a teria conhecido se eu não a tivesse curado. Você teria tomado a alma dela enquanto ela estava encolhida e morrendo ainda criança. Sou eu que não gosto de ver crianças morrendo. Você não se importa com quem você leva. Ela está viva por minha causa e destinada a mim. Eu a salvei para o meu filho. Ele cuidou dela todos esses anos.

Tremendo de raiva, controlei minha necessidade de causar destruição. Se eu tentasse aniquilar um senhor de espíritos vodu no quintal de Pagan, traria todo o Inferno junto com essa ação. Esse tinha que ser um lugar seguro para ela, não um lugar de pesadelos.

— Deixe-a ou negocie comigo.

— A menina vai ter que escolher ou eu vou levar meu pagamento por outras formas. Eu tenho o direito — ele sibilou.

— Ótimo! Deixe ela escolher — eu rugi.

Então, ele se foi e eu fiquei sozinho.

O que, em nome de todas as divindades, a mãe de Pagan tinha feito?

Pagan

— Então, o garoto apaixonado está em turnê — anunciou Wyatt, o namorado de Miranda e meu amigo de infância, enquanto colocava sua bandeja na mesa, na minha frente. Peguei o pão porque era a única coisa na bandeja que eu realmente reconhecia e tirei um pedacinho antes de olhar para ele.

— Está. — Foi minha única resposta e coloquei o pedaço de pão na boca.

— Não fale sobre isso — Miranda o repreendeu, batendo no braço dele. — Ela está toda deprimida.

Wyatt continuou a me observar, o que era um pouco enervante.

— O quê? — perguntei, encontrando seu olhar.

Ele encolheu os ombros.

— Nada, eu só estava pensando em uma coisa e ia te perguntar sobre isso e, bem... Eu esqueci. — Ele balançou a cabeça como se quisesse clareá-la e pegou a garrafa d'água.

Leif. Ele estava pensando em Leif. Lentamente, meu ex estava sumindo da memória de todos. De todos, mas não da minha. Por que estava acontecendo assim?

— Wyatt, você se lembra da casa na árvore que você construiu e não deixava as meninas entrarem?

Wyatt ergueu os olhos de sua comida e sorriu para mim.

— Lembro, e você ficou louca da vida. Acho que pendurei aquela placa só pra te irritar.

Eu tinha certeza de que ele tinha feito isso. Wyatt vivia para me deixar louca. Tínhamos uma grande batalha de meninos contra meninas naquela época. Miranda ficava feliz em brincar com suas bonecas Bratz, o que só dava a Wyatt mais munição. Miranda me fazia ficar mal na fita. As bonecas faziam os meninos pensarem que éramos fracas, mas eu não era fraca de jeito nenhum.

— Você se lembra da árvore do meu quintal em que você subia, mas dizia que eu não conseguiria?

Wyatt franziu a testa por um minuto e, então, um sorriso apareceu em seu rosto.

— Sim, e um dia você subiu na árvore sozinha e caiu, mas uma criança te ajudou ou algo assim. Não sei direito. Não acreditei na sua história naquela época e não acredito agora. Achei um pouco esquisita. — Em seguida, ele continuou a falar sobre como conseguia subir rápido naquela árvore e sua óbvia proeza em conseguir esse feito, mas minha mente estava em outro lugar.

O menino tinha sido real. Esse sonho era uma memória. Por que eu tinha esquecido?

— Você vai comer isso? — A pergunta de Wyatt invadiu meus pensamentos, e eu empurrei minha bandeja em direção a ele. Eu não tinha certeza de a que *isso* ele estava se referindo, mas nenhum dos *isso* no meu prato chegariam a qualquer lugar perto da minha boca.

— Fique à vontade.

— Legal. Obrigado. — Ele agarrou a bandeja e puxou-a para a frente dele.

Miranda estremeceu ao olhar para isso. Tinha sido exatamente o meu pensamento.

— Então, Pagan, quando vamos fazer um encontro duplo com você e o Dank?

— Hum... Não sei. Eu não sabia que você queria.

Miranda inclinou a cabeça para o lado e me lançou um olhar incrédulo.

— Claro que a gente quer. Quem está resistindo é você.

Não. Wyatt era amigo do Leif. Wyatt não era louco pela ideia de mim e Dank juntos. Ele sentia como se eu estivesse traindo meu ex, embora eu tivesse contado a todos que Leif havia terminado comigo. Mudei meu olhar para Wyatt, que estava feliz comendo a comida da minha bandeja enquanto esperava a minha resposta. Será que eles haviam se esquecido completamente de Leif?

— Oh, ok, bem, me deixa falar com ele. Ele vai ficar fora por um tempo, mas, quando voltar, a gente vai com certeza.

Wyatt sorriu e tomou um gole d'água. Mudei a atenção para a mesa ao nosso lado, onde Leif normalmente se sentava como o rei. Ninguém parecia estar preocupado com a sua ausência. Nem mesmo Kendra, com quem ele havia namorado por anos antes de terminar naquele verão. Eles realmente tinham sido um casal ou será que Leif só tinha brincado com ela?

Kendra jogou a cabeça para trás e riu de algo que um dos meninos tinha acabado de dizer, e eu a observei, fascinada, flertar abertamente com eles. Felizmente, ela havia esquecido de tudo a respeito de Dank, quando ele foi embora da primeira vez. E não tive que lidar com o flerte dela depois que ele voltou. Era quase como se eu não existisse para ela. Então, seus olhos encontraram os meus, e um lampejo de conhecimento me assustou, antes que ela olhasse bem além de mim e gritasse o nome de outra líder de torcida que vinha se aproximando da mesa. Todos agiam como se nada tivesse acontecido. Ninguém mais se preocupava com seu *quarterback* estrela.

— Preciso escovar os dentes e reaplicar o batom. Vem comigo? — Miranda perguntou, levantando-se.

Fiz um sinal afirmativo com a cabeça e me levantei para segui-la refeitório afora.

—Então, Miranda, quer dizer que Wyatt não está mais tão chateado com o Leif agora? — insisti, esperando para ver como ela responderia.

Miranda olhou por cima do ombro e disse:

— Quem?

Mamãe não estava em casa. Fantástico. Eu estava sozinha. Fechei a porta e examinei a cozinha para ver se havia algum visitante indesejado flutuando ou, no caso de Leif, andando por ali. A barra parecia limpa, mas não foi suficiente para acalmar muito meus nervos. Larguei a mochila na mesa e fui até a geladeira a fim de pegar alguma coisa para beber e fazer um sanduíche.

Uma salada de taco completa com uma tigela de tortilha crocante estava embrulhada com um post-it em cima.

> Saí com o Roger. Volto tarde.
> Pedi seu favorito no Los Tacos.
> Bom apetite.
> Te amo,
> Mamãe

Somando isso ao fato de que ela havia me deixado em casa sozinha, eu poderia dar um beijo nela. Eu estava faminta depois de não ter comido nada além de um pãozinho no almoço. Tive duas sessões de tutoria com dois calouros depois da aula e também não tive tempo de comer. Agora, já passava das seis, e juro que meu intestino grosso estava comendo o delgado. Eu precisava de comida. Peguei a salada e uma lata de refrigerante e fui para a sala. Depois de ouvir Miranda falar sobre o episódio de *Pretty Little Liars* da semana, eu quis assistir também.

Afundei no sofá com a minha refeição, dobrei as pernas debaixo do corpo e liguei a televisão. Graças ao bom e velho Roger, namorado da minha mãe, tínhamos uma bela tela plana de 62 polegadas na parede. Roger era o gerente distrital das lojas Best Buy na nossa região, então ele conseguia descontos matadores. Eu já tinha dado a dica de que estava fazendo pesquisa para comprar um laptop novo. Meu velho estava com um pé na cova.

— Pagan.

Dei um berro, larguei o garfo e procurei pelo dono daquela voz na sala.

Leif estava parado junto à porta que dava para a cozinha. Ele não parecia fantasmagórico nem algum tipo de aberração, apenas Leif. Só que estava na minha casa. Sem ter sido convidado. E ele não tinha alma.

— Pagan — repetiu ele.

Abri a boca para perguntar "que diabos?", quando ele desapareceu diante dos meus olhos e Gee apareceu com tudo pela porta, como se ela estivesse pronta para uma guerra.

— Onde ele está? Onde está aquele merdinha? Eu o senti. ONDE DIABOS VOCÊ ESTÁ?

Observei Gee examinar a sala de estar e entrar na cozinha.

— Ele se foi. Maldito covarde — disse ela em voz alta, enquanto subia os degraus.

Fiquei paralisada, esperando Gee se acalmar e voltar para a sala. Eu ainda estava atordoada como consequência de Leif ter estado na minha casa, e Gee gritava palavrões enquanto procurava em cada canto.

— Você está bem? — ela perguntou, assim que voltou para a sala. Tentei confirmar com a cabeça, mas não consegui. Em vez disso, forcei um "humm" para fora da minha garganta. Meu coração ainda estava disparado, batendo tão rápido que parecia que ia sair pela boca.

— Respire fundo, Peggy Ann. Respire fundo. Não faça Sua Majestade vir para cá e fazer um inferno na vida de qualquer um que cruzar o caminho dele só porque a namorada está borrando as calças de medo.

Seu vocabulário expressivo fez com que uma risadinha explodisse de mim, e fui capaz de respirar fundo da forma como ela estava me sugerindo.

— Isso, vamos lá. Boa menina — incentivou ela, com um sorriso satisfeito, e sentou-se no sofá ao meu lado.

Fiquei olhando para a salada no meu colo, tentando entender o fato de que Leif estivera na minha casa. Ele simplesmente havia aparecido do nada. Teria sido alguma outra coisa com a aparência do Leif? Ele com certeza parecia Leif.

— Você vai comer isso? — Sua pergunta soou mais como uma exigência, enquanto ela apontava para a salada, que, milagrosamente, não tinha caído no chão durante o drama todo.

Eu precisava comer; não tinha comido o dia todo, mas a fome havia desaparecido. Agora eu me sentia ligeiramente nauseada.

— Era o Leif, não era? — questionei, virando a cabeça para poder ver o rosto dela.

— Era. Aquele merdinha. Aparecendo como um maldito covarde e te assustando assim. Não é tão fofo agora, é?

Olhei de volta para onde ele tinha surgido. Ele não parecia assustador, parecia preocupado. Ou talvez culpado.

— Dank vai resolver tudo isso. Pare de se preocupar. Agora, você vai comer isso ou não? Porque está parecendo bem gostoso.

Balancei a cabeça de um lado para o outro, e Gee prontamente pegou a salada. Ela já tinha um garfo na mão.

— Tome um gole da sua bebida se estiver sentindo náusea. Você não quer entrar em choque. O açúcar vai ajudar.

Fiz que sim, tomei um pequeno gole do refrigerante doce e gelado, e meu estômago pareceu se acalmar.

— Por que ele estava aqui?

— Porque queria falar com você, eu acho — Gee respondeu, antes de enfiar outra garfada de salada na boca.

— O pessoal da escola, os pais dele... está todo mundo esquecendo dele.

Gee balançou a cabeça, confirmando.

— Sim, estão. Ele não tinha alma, Pagan. Lembre-se, você é alma. Seu corpo é só a casa para a alma. Aqueles que têm almas vão esquecê-lo porque as almas deles nunca estiveram ligadas à de Leif. Não podem se apegar a algo que não existe.

— Por que eu me lembro dele? — Minha voz saiu em um sussurro. Quase tive medo de ouvir a resposta.

Gee colocou o garfo na tigela e suspirou. Isso não era bom.

— Você é diferente. Ele era... Existe uma... Ai, por que diabos Dankmar não explicou essa merda maluca pra você? — Gee colocou a tigela de tortilla quase vazia sobre a mesa de centro e quebrou um pedaço antes de se inclinar novamente e olhar para mim. — Sua alma foi marcada quando você era criança. Leif tem algum tipo de direito sobre ela, mas não fique toda apavorada. Dank é mais do que capaz de consertar isso, mas, até que ele consiga, Leif estará vinculado a você.

Eu não gostava do som de nada disso.

— Vinculado? — Perdi o fôlego ao fazer essa pergunta.

Gee assentiu e deu outra mordida em uma tortilla com creme azedo. Ela estava lidando com tudo de forma muito casual. Talvez eu precisasse me acalmar. Ela não estava brincando. Mas... vinculada?

— Pare de franzir a testa, Peggy Ann. Não é tão ruim assim. Então, o negócio é o seguinte: sua mãe tomou uma decisão errada. Existe um espírito sombrio determinado a reivindicar você pra ele. As coisas poderiam ser piores — ela concluiu, encolhendo os ombros.

— Como? Como poderiam ser piores? Um espírito sombrio? — Peguei meu refrigerante, e meu estômago revirou com o pensamento do que um espírito sombrio realmente seria.

— Como poderia ser pior? Bem, para começar, você poderia ficar sem a devoção completa da própria Morte. Quer dizer, fala sério, Peggy Ann. O que é um espírito das trevas contra a Morte? Quer dizer, de verdade. — Gee revirou os olhos e colocou na boca o último pedaço da tortilla que estava segurando.

Mergulhei em suas palavras, desejando que fossem mais reconfortantes.

— Você tem alguma coisa boa gravada nessa coisa? — Gee perguntou, estendendo a mão para o controle remoto.

— Hum, tenho, pode ver o que você quiser — murmurei, e beberiquei meu refrigerante, desejando que Dank viesse para casa. Imediatamente.

CAPÍTULO 5

Pagan

— Por favor. Se você pode salvá-la, então faça! Faça o que for preciso — minha mãe implorou, com lágrimas escorrendo pelo rosto.

A velha enrugada olhou para mim. Seu cabelo branco se destacava contra a pele escura. Ela me estudou cuidadosamente antes de levantar seu olhar vidrado de volta para minha mãe.

— Você me pediu esse gris gris. Mas isso pode ter um custo que você pode não querer pagar.

— Qualquer coisa. Estou implorando, qualquer coisa que você possa fazer. Os médicos não podem ajudá-la. Ela está morrendo. Qualquer coisa, por favor... — A voz da minha mãe falhou quando ela soltou um soluço alto.

— Etel nunca passa isso, sabia? — disse a velha, enquanto mancava para uma prateleira com centenas de caixas cheias de coisas estranhas que eu não reconhecia. — O que você está pedindo não importa. Não existe outra forma. Se ele quiser que o bebê sobreviva, ele vai fazer um chamado.

Eu vi enquanto ela mexia em diferentes itens que tirava da prateleira e murmurava para si.

— Quem é ele? — Eu ouvi minha mamãe questionar.

Eu estava me perguntando a mesma coisa. Ele parecia estar no comando, não a velha. Por que mamãe estava pedindo a ela para me ajudar, eu não entendia. Ela não se parecia com nenhum médico que eu já tinha visto. Quando adormeci, as paredes brancas do quarto do hospital em que eu tinha passado os últimos meses eram a última coisa que me lembro de ter visto. Aí eu acordei e estava aqui. Com essa mulher estranha em uma casinha suja com um cheiro esquisito.

— O único que pode salvar essa garota — disse ela, arrastando os pés até mim, enquanto mexia a mistura fedorenta e começava a cantar baixinho.

— Onde ele está? Eu preciso ir buscá-lo? — O pânico na voz da minha mãe me fez lutar para manter os olhos abertos. Eu sabia que ela estava com medo. Os médicos não esperavam que eu acordasse, eu os ouvi sussurrando enquanto pensavam que eu estava dormindo. A doença havia tomado conta do meu corpo. Eu estava doente. Minha mãe estava triste.

— Você acha que eu faria isso se ele não estivesse aqui? — O humor na voz da mulher era óbvio. — Esse gris gris, eu não faço. Só ele.

Antes que a mamãe pudesse fazer mais perguntas, a porta se abriu e entrou um menino não muito mais velho do que eu. Seus olhos me lembravam de um mar tempestuoso girando descontroladamente. Ele fechou a porta atrás de si. Cabelo loiro desgrenhado caía em seus olhos, e ele não parecia ser parente da senhora negra de idade. Será que ele também estava doente? Um murmúrio baixo em um idioma que eu não entendia saiu de sua boca, a sala começou a escurecer e meus olhos se fecharam lentamente.

— Está na hora — sussurrou a voz familiar no meu ouvido.

Sentei na cama, ofegante. A luz do sol entrava pela janela, e a alegria brilhante do meu quarto amarelo parecia estar em desacordo com a cabana escura com a qual eu havia sonhado. De onde tinha vindo isso? E o jeito daquela velha falar. Tinha um sotaque carregado e... da Louisiana? Então havia o menino. Mais uma vez, ele estivera lá enquanto eu estava doente. Eu tinha ficado doente. Tive uma recuperação milagrosa aos três anos. Essa memória do menino era a mais antiga que eu tinha. Quem era ele? E por que a voz dizia "Está na hora", em vez de "Está quase na hora"?

Olhando ao redor do quarto, procurei por Gee.

— Pagan. — Dank estava de pé na frente da minha cama e se abaixou para me puxar para seus braços. — Gee disse que ele chegou até você. Ela não podia vê-lo, mas o sentia. Ela não pode impedi-lo, então foi me buscar.

Fiz que sim, deixando-o me encher de cuidados. Era uma medida de conforto que eu precisava agora. Nada disso fazia sentido.

— Eu me lembrei de uma coisa. Outro sonho. Não faz sentido, mas se for real... pode dar algumas explicações. Algo do meu passado.

Dank se afastou e me olhou fixamente.

— O que foi? — A tensão em sua voz não me surpreendeu. Ele estava perturbado.

— Uma vez, fiquei doente. Quando eu era pequena. Muito doente. Tive leucemia e os médicos não deram esperanças à minha mãe... e... então, de repente, eu estava melhor. Foi um milagre. Nunca mais falamos sobre isso. Mamãe nunca se preocupou que pudesse voltar. Os check-ups com meus médicos terminaram alguns anos depois e foi o fim de tudo.

O abraço de Dank se transformou em um aperto forte como um torno.

— Do que você lembra nos seus sonhos?

— Era tão real, Dank... Eu podia até sentir o cheiro de mofo da velha cabana.

— Me diga — encorajou ele, enquanto seus dedos percorriam meu cabelo emaranhado delicadamente e desfaziam os nós.

— Havia uma velha lá. Tinha um sotaque carregado. Era difícil entender tudo o que ela dizia. Eu nem tenho certeza de que tipo de sotaque era, mas ela estava fazendo um... feitiço, eu acho. Minha mãe me levou até ela e estava implorando para ela me salvar. Aí o menino, o mesmo menino dos outros sonhos, estava lá. Ele começou a cantar algo e então... Acordei com as palavras "está na hora" repetidas no meu ouvido.

Dank suspirou e descansou sua testa na minha. Não foi reconfortante.

— Você entende dessas coisas? Sabe o que está acontecendo comigo? É porque Leif tem direitos sobre a minha alma?

Dank não respondeu de imediato. Em vez disso, ele segurou minha nuca com uma das mãos e baixou a cabeça na curva do meu pescoço. Embora eu gostasse de estar aninhada nele na minha cama, sua hesitação em me responder estava tirando o aconchego quente que eu normalmente sentia nessa posição.

— Dank — insisti.

— Foi uma médica vodu que você visitou naquele dia, Pagan. Sua mãe permitiu que a magia maligna salvasse seu corpo.

O quê? Eu engoli a bile na minha garganta. O que ele estava falando? O vodu não era real, mas o medo que tomava conta do meu corpo me dizia que eu acreditava em vodu. Meu corpo sabia de algo que eu não sabia.

— Eu não entendo — consegui dizer sem fôlego, apesar do terror intenso que obstruía minhas vias respiratórias.

— Vou encontrar uma maneira de consertar isso. O mal reivindica direitos sobre sua alma. Divindades não se associam com espíritos vodu. Eles não são todos poderosos, mas podem usar seu poder sobre os humanos para causar dor. Uma restituição deve ser feita para afastá-los de você. Posso te proteger, mas o espírito que está atrás de você é o espírito vodu mais poderoso que existe. Ele não vai embora sem lutar.

— Leif é um... espírito vodu? — Isso não podia estar certo. Leif não era mau.

— Pagan, quem não tem alma só pode pertencer a um lugar. O Criador não cria criaturas sem alma. Criaturas sem alma não servem para ele, e uma alma só pode ser criada pelo Criador. Portanto, tudo o que não contém alma é do mal. Leif é produto de um dos espíritos malignos mais fortes que existe. O senhor dos mortos vodu, Guedê, é poderoso por causa dos cânticos e orações que recebe dos humanos. Leif é uma criação dele. Filho dele. Leif é o príncipe dos mortos na religião vodu. Sua conexão com ele é o motivo de você enxergar almas. Antes de você ficar doente, antes de sua mãe te levar à médica vodu, você já tinha visto uma alma?

Eu não conseguia me lembrar. Isso era demais. Vodu? Minha mãe tinha me salvado com vodu?

Ai, meu Deus.

— Como... como você pode resolver isso? — perguntei, precisando de alguém que me assegurasse de que ia ficar tudo bem. Talvez isso fosse apenas mais um sonho. Talvez eu acordasse e voltasse ao normal.

Dank me soltou e se levantou. Não gostei da distância; eu o queria perto de mim.

— Quando eu não estiver pegando almas, vou procurar uma maneira de acabar com isso. — Ele fez uma pausa e desviou o olhar de mim. — Gee vai ficar com você até que eu resolva isso.

O quê? Não!

— Quer dizer que você vai embora?

Lutei contra as lágrimas que começavam a arder nos meus olhos e ameaçavam se derramar. Eu não conseguiria ficar sem ele aqui. Eu queria ser forte e destemida, mas agora eu só precisava dele perto de mim.

Dank deixou escapar um suspiro, fechou os olhos e passou a mão pelo rosto. Eu sabia que estava dificultando as coisas para ele, mas não queria que ele fosse embora. Mesmo que eu amasse Gee, eu queria Dank.

— Não há outra resposta, Pagan. Não posso exatamente renunciar ao meu trabalho. Ainda tenho que levar almas. Vou focar todo o meu tempo livre em te manter segura.

— Mas...

— PAGAN! CAFÉ DA MANHÃ! — A voz da minha mãe subiu pelas escadas e interrompeu minha tentativa de implorar.

— Vá se arrumar, Pagan. Vá pra escola. Eu não vou ficar completamente fora. A cada chance que eu tiver, estarei bem aqui.

— Você promete?

— Prometo.

— Beleza, Peggy Ann, para onde vamos primeiro?

Eu me virei e encontrei Gee, que tinha começado a acompanhar os meus passos. Percebi que ela não parecia uma etérea "transportadora", mas sim a Gee que eu tinha conhecido na clínica psiquiátrica. Seu cabelo loiro estava espetado e descolorido até ficar branco. Sua sobrancelha novamente tinha um piercing e parecia que ela havia adicionado outro pequeno ao lado do primeiro. O diamante na joia do seu nariz era sem dúvida muito real e, claro, ela tinha que estar usando batom preto. Gee fazia os góticos parecerem patéticos em suas tentativas de seguir o estilo.

— O que você está olhando, Peggy Ann? Sentiu muito a minha falta?

— Eu tinha me esquecido do quanto você era boa em fazer esse estilo *bad girl* do cacete.

Gee caiu na gargalhada.

— Você disse "cacete" — Gee anunciou bem alto, o que me fez estremecer um pouco. — Minha princesinha está ganhando um jeito durão.

Revirei os olhos e olhei além de Gee. Encontrei Miranda diante do seu armário com Wyatt, me observando com uma expressão de horror no rosto. Ela se lembrava da Gee lá da clínica. Droga. Eu não tinha pensado nisso.

— Hum, minha amiga Miranda viu você... sabe, antes. O que vou dizer a ela?

Gee seguiu meu olhar e acenou para os meus amigos como se fossem amigos dela há muito tempo.

— Ela não está me olhando boquiaberta porque se lembra de mim, Pei-gan. Ela está pasma porque não me encaixo no perfil das pessoas que normalmente andam com você.

Comecei a responder e mudei de ideia. Gee estava certa. Meus amigos não usavam piercings no rosto nem minissaias curtas com coturnos altos. Ou se enfeitavam com esmalte e batom pretos. Gee definitivamente ia chamar atenção.

— Então ela não se lembra de você da clínica?

Gee balançou a cabeça.

— Não, Dank cuidou disso.

Com um suspiro de alívio, fui até Miranda. Eu não estava disposta a contar mais mentiras hoje. Fiquei feliz por não ter que inventar alguma coisa para aplacar suas perguntas. Se bem que eu precisava encontrar uma maneira de fazer Miranda parar de olhar boquiaberta para Gee, como se ela tivesse um terceiro olho. Gee era muito fofa toda vestida como uma rebelde. Claro que ela era linda quando estava vestida de transportadora, mas ela também exibia muito bem esse visual.

— Miranda, Wyatt, esta é minha amiga, Gee. — Então eu fiquei perplexa. Eu não tinha pensado tão longe.

O olhar horrorizado e ligeiramente confuso de Miranda mudou de mim para Gee, demorando um pouco mais em Gee.

— Gee? — Miranda perguntou.

— Sim, Gee. Olha, sua amiga já sabe dizer meu nome. Ela não é inteligente? — provocou Gee, obviamente engolindo a encarada desconfortável. Dei uma cotovelada forte nas suas costelas e lancei um olhar de advertência.

— Gee é uma amiga minha de fora da cidade. O, hum, pai dela é amigo da minha mãe, e ela vai ficar comigo por algumas semanas. — Me atrapalhei toda com as palavras. Se eles acreditassem em mim, seria um milagre.

— Se essa introdução fascinante acabou, vou procurar uma máquina de lanches. Preciso de uma Coca e um Snickers, já que você me tirou de casa antes do café da manhã — Gee anunciou e, em seguida, saiu no que parecia ser a direção da Sala dos Professores. Certamente, ela não faria isso. Não, ela provavelmente faria e era o que estava fazendo.

— Então ela tem que *morar* com você? Tipo, na sua casa? Por favor, me diga que você trancou as portas, porque ela parece louca. Talvez você devesse simplesmente dormir junto com a sua mãe. Quer dizer, sinceramente, Pagan, ela já deve ter sido presa ou... — Miranda ofegou e cobriu a boca. — Aposto que já foi. MeuDeusdocéu! Aposto que é por isso que ela está aqui! O que ela fez? Isso é tão perigoso...

— Miranda, acalme-se — interrompi sua tagarelice e agarrei seu braço. — Ela não esteve na prisão. Ela é inofensiva, só gosta de chamar atenção. Agora, pare de inventar cenários malucos e relaxe.

— Ela tem uma aparência meio esquisitona — intrometeu-se Wyatt. Lancei para ele um olhar de "cala a boca" e enganchei meu braço no de Miranda.

— Ela é excêntrica, mas é divertida. Você vai amá-la assim que superar a aparência e a linguagem expressiva que ela usa.

— Linguagem expressiva? Ah, não, ela também fala muito palavrão?

Fiz que sim.

— Sim, e é divertido. Ela poderia envergonhar um marinheiro.

— Eu já gosto dela — Wyatt disse, olhando de volta para o canto por onde Gee havia sumido. — Você não acha que ela vai para a sala dos professores, acha? Porque a de lá é a única máquina de lanches naquela direção.

Suspirei e puxei Miranda em direção à nossa aula do primeiro período.

— Acho que é exatamente para onde ela está indo.

— Isso é que eu chamo de *bad girl* — Wyatt respondeu com admiração, então soltou um muito alto: — Humph, ai, amor!

Miranda tinha acertado as costelas dele com seu cotovelo pequeno e pontudo.

Ri pela primeira vez durante toda a manhã, antes de me lembrar de Leif e da marca na minha alma. Meu sorriso desapareceu rapidamente.

CAPÍTULO 6

Dank

— Sabe, estive pensando — Gee comentou ao aparecer ao meu lado.

Eu caminhava pelo deserto levando as almas dos soldados que pereceram. Eu odiava guerras, porque elas ocupavam muito do meu tempo.

— Ah, você esqueceu uma. — Gee apontou para a alma em pé ao lado do corpo que ela habitara um dia.

— Eu não esqueci uma, Gee. Ele não quer ir embora — retruquei, irritado por Gee estar aqui quando deveria estar com Pagan. — Por que você está aqui?

— Bom, oi para você também, Dankmar. Credo, relaxa. Pagan está jantando em segurança na casa da Miranda, a amiga dela. Miranda não gosta de mim. Tenho certeza de que ela está com medo de mim e está esperando que eu beba sangue ou algo assim.

Ri sem humor.

— Você acha? Tente parecer menos assustadora.

— Tanto faz, escute, por que você não pode simplesmente dizer "Ei, para de assombrar a minha garota, seu idiota de merda" e então acaba logo com isso? Sei que você anda com os humanos hoje em dia, mas, Dank, você é a Morte. Por que toda essa angústia?

Terminei com a última alma e, então, estávamos descendo a rodovia coberta de fumaça em um engavetamento de carros, que tinha acabado de acontecer. As ambulâncias chegavam e o tráfego estava paralisado por quilômetros.

— Não posso simplesmente mandar um espírito vodu parar e

esperar que ele pare. Não tenho controle sobre aqueles que governam os espíritos vodu. O poder dele vem dos humanos. É um espírito maligno, não uma alma humana.

Gee suspirou.

— Isso é ridículo. O que diabos a mãe dela fez?

Jaslyn, outra transportadora, apareceu, e eu enviei as almas retiradas dos destroços para ela, que acenou para Gee antes de desaparecer.

Então estávamos dentro da casa de outra celebridade. O país lamentaria aquilo quando amanhecesse o dia. Mas, infelizmente, era uma ocorrência regular. O frasco de comprimidos estava aberto e vazio ao lado da cama, e a alma saiu parecendo confusa. Eu me virei para Gee.

— Pegue esta e volte para junto da Pagan. Estou quase terminando e você está apenas me atrasando.

Gee rosnou e acenou para a alma, antes que ambas desaparecessem. Ainda bem. Eu precisava de um pouco de paz e sossego. Além disso, eu ainda tinha hospitais para visitar.

Pagan

Gee não queria ficar e comer na casa da Miranda. O que provavelmente era algo bom, já que ela teria apavorado a mãe da minha amiga. Eu estava estendendo a mão para abrir a porta do meu carro quando, de repente, os pelos dos meus braços se arrepiaram. Olhando para a porta da frente de Miranda, pensei em voltar correndo e entrar, mas meus pés pareciam pesados. O que quer que estivesse ali não me deixaria escapar tão facilmente. Onde estava a Gee quando eu precisava dela?

— Sou só eu, Pagan. — A voz de Leif me surpreendeu, e eu consegui me virar lentamente. Com certeza, era Leif. Parecendo tão normal como quando ele estava parado na porta da minha cozinha, mas ele não era normal. Os pelos do meu corpo todos eriçados provavam que ele não era normal. Ele nunca tinha feito isso acontecer antes. Era porque agora eu *sabia* o que ele era?

— Leif? — resmunguei, esperando para ver se o garoto em quem eu confiava se transformaria em algum demônio estranho diante dos meus olhos. Deus, eu esperava que não.

— Podemos falar?

Seria uma má ideia. O vodu não era nada legal. E eu tinha certeza de que o príncipe espiritual dos mortos também não era. Onde estava a Gee e o que eu poderia fazer a esse respeito?

— Hum... bem... você meio que me assusta pra caramba, então não tenho certeza se quero isso.

Ele riu e eu quase relaxei. Era um som familiar. A risada de Leif sempre me fazia sorrir.

— Não há nada para temer. Eu nunca teria machucado você.

Esfreguei os pelos dos meus braços, pensando que meu corpo tinha uma opinião contrária, e ele encolheu os ombros.

— Isso eu não posso evitar. Não mais. Não estou mais na forma humana. Você vai reagir a mim desse jeito.

Forma humana? Não mais?

— O que você quer?

Ele deu um passo na minha direção, e eu me pressionei contra a porta do carro. O metal frio não fez nada para acalmar o estranho calor que emanava do seu corpo.

— Humm... Eu deveria ter imaginado que você faria essa pergunta. Você sempre vai direto ao assunto. — Ele deu o sorriso torto que eu sempre amei. — Mas preciso que confie em mim e ouça.

Confiar nele? Improvável.

— Eu já te machuquei alguma vez, Pagan?

Bem... não exatamente. Respondi apenas com um pequeno aceno de cabeça.

— E eu nunca vou machucar. Não estive sempre do seu lado quando você precisava de mim? Na árvore, no lago, quando você se perdeu... quando estava morrendo de uma doença.

A consciência tomou conta de mim e eu o encarei. Seus olhos azuis. O formato da mandíbula. Sua postura. A curva dos seus lábios e o som da sua voz. Ele — Leif era — ele era o menino dos meus sonhos.

— É você.

Um cara normal precisaria de esclarecimento à minha declaração simples, mas Leif não era normal. Ele entendia o que eu queria dizer.

Ele simplesmente acenou com a cabeça.

— Por quê? Eu não entendo.

— Você foi prometida para mim. O poder do meu pai curou você e, em troca, sua mãe prometeu sua alma a mim.

Eu estava obviamente sonhando de novo, porque isso parecia ridículo.

— Estou vendo nos seus olhos... — Seu sorriso ficou maior. — Sua alma me conhece, e o fogo está presente aí. — Ele ergueu um espelho que apareceu do nada, e eu encarei horrorizada quando meus olhos não tinham mais o verde familiar, mas eram da cor do fogo. Minhas pupilas estavam rodeadas pelo que pareciam ser chamas laranja bruxuleantes.

Tremendo, balancei a cabeça e me afastei do carro para colocar mais distância entre nós.

— Pagan... — ele começou, e então seu rosto ficou furioso quando ele inclinou a cabeça para cima e, mais uma vez, desapareceu.

— Eu o perdi de novo, não foi? Ah, que merda! — Gee disse entre os dentes.

Afundei contra o para-choque do carro e passei os braços em volta da cintura.

— Você está bem? Ele não tocou em você, não é?

Virei o rosto para Gee e ela enrijeceu, fitando diretamente dentro dos meus.

— Seus olhos — disse ela, estendendo a mão e tocando minha bochecha com cuidado. — Que porra é essa?

Balancei a cabeça e virei para ela não me ver. Eu precisava de Dank. Isso era ruim. Meus olhos estavam pra lá de assustadores.

— Onde está o Dank? — resmunguei, não querendo chorar na frente da Gee. Ela não era o tipo de criatura na frente de quem você gostaria de bancar a emotiva.

— Entra no carro, eu dirijo — Gee ordenou, acenando com a cabeça para o lado do passageiro.

Normalmente, eu não aceitaria bem que ela dirigisse, porque tudo o que Gee fazia era perigosamente, mas, no momento, eu não conseguia me concentrar o suficiente para dirigir. Então, fiz o que me foi dito e afundei no banco do passageiro.

— Onde está o Dank? — repeti, enquanto ela dava partida no carro e recuava rápido demais para fora da garagem.

— No Afeganistão, lidando com aqueles idiotas que se explodem.

— Quando ele volta?

Gee suspirou e olhou para mim.

— Não por enquanto, Pagan. Ele tem que lidar com o maluco vodu que está perseguindo você.

Estendi a mão e puxei o espelho para baixo para observar meus olhos. A cor normal deles estava de volta, e o enjoo no meu estômago diminuiu um pouco.

— Seus olhos estavam esquisitões, Peggy Ann. Não vou mentir pra você. Aquilo foi uma merda bizarra, muito bizarra.

— Eu sei! Você não acha que deveria contar ao Dank? — Eu só o queria de volta. Eu sentia falta dele e, depois do meu encontro com Leif, precisava me sentir segura. Por mais que amasse a Gee, ela não me dava a segurança de que eu precisava.

— Vou contar a ele, mas agora não vou sair de perto. O príncipe vodu está atrás de você. Então preciso ficar perto. Chega de sair correndo para tentar colocar um pouco de juízo na cabeça do Dankmar.

Lutei contra a vontade de chorar. Em vez disso, mordi o interior da bochecha e mantive os olhos focados nas casas que passavam pela janela.

— Está tudo bem, Peggy Ann. Deixa comigo.

Eu não tinha tanta certeza se podia deixar, mas fiquei sentada em silêncio enquanto ela cantava desafinada uma música do Three Doors Down que estava tocando no rádio.

Assim que entramos no acesso da minha garagem, não esperei que ela saísse. Se eu não pudesse ter Dank, então queria minha mãe. Felizmente, o carro dela estava em casa. Quando cheguei à porta, olhei de volta para Gee.

— Vou ficar com a minha mãe por um tempo. Pode ficar à vontade no meu quarto.

— Já que você vai fazer isso, por que não pergunta a ela sobre essa confusão de vodu em que ela te meteu? — Gee respondeu, então desapareceu.

Entrei e fiquei aliviada ao ver minha mãe enrolada no sofá com uma tigela de pipoca em vez de escondida em seu escritório, escrevendo. Da frente do *CSI Miami*, pelo menos, eu conseguiria arrancá-la. Da escrita, nem tanto.

— Oi, querida, você gostou de jantar na casa da Miranda?

Afundei ao lado dela e peguei um punhado de pipoca, me perguntando se seria capaz de realmente comer depois do susto que eu tinha acabado de levar. Eu precisava me policiar sobre a forma como ia dizer as coisas. Se minha mãe ouvisse o menor desconforto na minha voz, ela se animaria e começaria a me interrogar até que eu cedesse e lhe contasse tudo. Concentrada em manter meu tom casual e não afetado, respondi:

— Sim, jantamos camarão cozido, espiga de milho e salada. A salada tinha framboesas, nozes e queijo de cabra. Estava uma delícia, até me surpreendeu. Mesmo com o molho agridoce.

— Parece gostoso. Talvez eu tenha que ligar e pegar essa receita.

— Você vai adorar. Está bem na sua categoria de comidas saudáveis esquisitas.

Minha mãe riu e colocou o punhado de pipoca na boca aos pouquinhos. Eu não tinha certeza de como trazer o assunto à tona. Será que eu só falava: "Então, mãe, lembra quando eu estava morrendo e você me levou naquela médica vodu?". Eu tinha a sensação de que ela hesitaria se eu abordasse diretamente assim.

Mas tinha que ser verdade.

Voltei a atenção para a televisão e assisti à cena do crime em que uma garota tinha sido estrangulada e a equipe de CSI fazia seu trabalho. Coloquei uma pipoca na boca e consegui mastigá-la. A manteiga pesou no meu estômago sensível, então decidi que era melhor não tentar comer mais.

— O que está incomodando você, Pagan?

Olhei para minha mãe, e ela estava olhando para mim em vez de para a televisão. Bem que achei que ela ia perceber meu humor. Era impossível esconder um problema dessa mulher.

— Hum... Eu só estava pensando em... — Fiz uma pausa e debati se deveria dizer alguma coisa. Eu realmente queria saber disso?

Observei as sobrancelhas franzidas da minha mãe, esperando que eu terminasse. Seu cabelo escuro preso atrás das orelhas, o rosto livre de qualquer maquiagem. Eu podia ver a preocupação e o amor brilhando em seus olhos. Eu sabia por que ela havia feito aquilo, mas ainda precisava ouvi-la explicar. Talvez algo que ela soubesse fosse ajudar Dank a acabar com isso.

— Você se lembra de quando eu era criança e fiquei doente? — comecei e observei sua expressão ficar cada vez mais contrita, e ela me dar um breve aceno de cabeça. — Bem, eu estava morrendo. Eu me lembro. E bem... Eu tive um sonho. Mais como uma memória. Estava em uma cabana velha e você também. Havia uma mulher idosa. — Parei quando o pânico começou a chispar nos olhos dela.

Era verdade. Eu não precisava mais explicar. Ela sabia exatamente com o que eu havia sonhado.

— Era real, não era? Você me levou a um médico vodu e ela... ou ele me curou.

Mamãe engoliu em seco e balançou a cabeça quase freneticamente.

— Meu Deus — ela murmurou, olhando para a mão que havia deixado cair a pipoca que estava segurando. Ela realmente esperava que eu nunca me lembrasse?

— O que você prometeu a eles, mãe? Qual foi o pagamento deles por me curar?

Mamãe colocou a tigela na mesa de centro à nossa frente e se levantou. Fiquei sentada ali mais calma do que eu realmente me sentia, quando, de repente, ela começou a andar de um lado para o outro na frente da televisão.

— AimeuDeus, AimeuDeus, AimeuDeus — ela ficou repetindo baixinho. Agora eu estava começando a entrar em pânico. Essa não era a reação que eu esperava. Minha mãe fria, calma e controlada nunca teve um colapso comigo.

— Me fala, mãe — exigi.

Ela passou as duas mãos pelos cabelos curtos e, em seguida, pousou-as nos quadris vestidos com o pijama. Os porquinhos cor-de-rosa voadores na sua calça de flanela estavam tão felizes e despreocupados e tão incrivelmente fora de lugar na mulher que a usava. Comecei a me perguntar se ela teria algum tipo de ataque de pânico, ao considerar a forma como ela estava com a respiração acelerada.

— Eu não sabia mais o que fazer — ela sussurrou em um soluço entrecortado e colocou os braços em volta da cintura, como se precisasse se controlar.

— Isso eu entendo. O que preciso saber é qual foi o pagamento que eles exigiram.

Minha mãe finalmente focou seus olhos aflitos em mim.

— Por que você está me perguntando isso? Alguém... alguma coisa... entrou em contato com você?

Explicar que meu namorado era a Morte e que uma transportadora de almas estava no meu quarto provavelmente ouvindo meu iPod e pintando as unhas dos pés com uma cor maluca não parecia o melhor dos planos. Então escolhi algo em que ela acreditaria.

— Eu tive um sonho. Eu vi tudo. Me lembrei de tudo. Até do cheiro rançoso de mofo.

Uma pequena quantidade de alívio tomou conta da sua expressão tensa. Ela assentiu e enxugou as palmas das mãos na frente da calça do pijama com nervosismo.

— Tá. Um sonho. Tudo bem. — Ela estava falando mais consigo mesma do que comigo. Eu esperei.

Finalmente, ela voltou seu olhar para o meu.

— Eu estava desesperada, Pagan. Uma enfermeira do hospital me contou sobre o médico vodu lá do pântano. Eu não sabia nada sobre vodu. Fomos enviados para o Hospital Infantil de Nova Orleans porque eles tinham um especialista que era altamente recomendado. A cultura lá era muito diferente. Eu não sabia em que acreditar. Eu a ignorei no início. — Minha mãe fez uma pausa e respirou fundo. — Mas então... mas então eles me disseram que você não ia acordar. Entrei em pânico e te levei para essa mulher. Eu não sabia nada sobre ela ou os métodos dela. Achei que talvez ela tivesse um remédio milagroso. — Minha mãe soltou uma risada áspera. — Quer dizer, quem acredita em feitiços, não é? Eu não esperava que ela realmente fizesse alguma mistura, mas então o menino entrou. — Ela fechou os olhos com força.

Observei os vincos na sua testa se aprofundarem. Tinha sido Leif. Eu sabia disso sem dúvida agora.

— O menino era tão jovem, mas os olhos... os olhos dele eram assustadores. Ele começou a cantar e uma névoa escura caiu sobre a sala. — Ela abriu os olhos e me encarou. Eu podia ver a memória daquele episódio nos olhos dela. A experiência a assombrava. — E então acordamos de volta no quarto do hospital. Era como se nunca tivéssemos partido. Você estava sentada na cama, conversando com uma enfermeira e sorrindo. As olheiras tinham desaparecido. Você queria macarrão com queijo, e alguém saiu correndo para encontrar o macarrão pra você. Médicos e enfermeiras começaram a entrar no quarto. Você foi um milagre. Eles não tinham explicação, mas não havia nenhum sinal da doença no seu corpo. — Ela engoliu em seco com tanta força que pude ver sua garganta se contrair. — Não havia nem sinal de que a doença já tivesse existido. Você apareceu no noticiário. Você foi uma maravilha da medicina. Então, um dia, todos se esqueceram e foi como se nunca tivesse acontecido.

Isso era tudo que ela sabia. Ela não tinha prometido nada a eles, só tinha dito que lhes daria tudo o que eles quisessem. Ela não fazia ideia de que tinha entregado minha alma. Levantei com as pernas trêmulas, dei a volta na mesa e a abracei. Não porque ela merecesse, mas porque, embora tivesse cometido um erro grave, ela o tinha feito porque me amava.

CAPÍTULO 7

— O que foi?

Eu funguei e olhei para um menino da minha idade. Seu cabelo era loiro e ele tinha olhos azuis amigáveis. Dei de ombros e limpei o nariz na manga da blusa. Eu queria ficar sozinha e chorar. Não queria explicar as coisas para um estranho.

— Nada — murmurei e encarei meus tênis sujos. Mal fazia uma semana que eu tinha comprado meus tênis cor-de-rosa cintilantes, mas agora, depois de correr pela floresta na lama, eles estavam todos sujos. Não importava. Mamãe estava chateada. Eu a havia assustado, mas não tive a intenção. Nunca tive a intenção. Eu precisava aprender a não dizer nada.

— Alguma coisa está incomodando você — disse o garoto e se sentou no degrau da varanda ao meu lado.

Quem era esse garoto?

— Só umas coisas — murmurei, mexendo no cadarço sujo do meu tênis.

— Eu sou bom em consertar as coisas. Aposto que, se você me disser, eu posso ajudar.

Ele estava falando sério? Eu só queria ficar sozinha. Dei de ombros. Eu achava que a verdade provavelmente o faria fugir. Levantei a cabeça e olhei para ele.

— Eu vi minha avó morta hoje. Fomos à casa dela porque ela teve um ataque cardíaco e morreu. Todo mundo colocou vestidos e foi visitá-la no caixão na casa dela e comeu comidas e tudo o mais. Eu a vi deitada lá. Ela parecia estar dormindo, mas não estava respirando. Então fui até a cozinha para encontrar os livros de colorir que ela sempre deixava para mim. E lá estava ela. Sorrindo como ela sempre sorria. Fiquei muito feliz em ver que ela havia acordado. Fui abraçá-la e ela sumiu.

Eu parei, esperando que o rosto dele fosse tomado pela mesma expressão de horror da minha mãe quando eu contei essa mesma história, mas isso não aconteceu. Talvez ele não tenha entendido.

— Então eu me virei e lá estava ela de novo. Atrás de mim. Ela parecia triste e balançou a cabeça para mim. Eu estava tão feliz em vê-la viva que corri para contar à minha mãe, mas, quando voltei para a sala onde estava o caixão, minha avó ainda estava deitada lá, como se estivesse dormindo. Minha mãe ainda estava chorando.

Parei novamente, achando que o menino ia dar um pulo e fugir de mim, mas ele ficou lá, esperando que eu falasse mais. Eu queria que alguém me ouvisse naquele dia. Em vez disso, minha mãe me falou para parar e ameaçou me deixar de castigo se eu falasse mais sobre aquilo. Então ela chorou tão alto que eu me senti mal. Eu não queria deixá-la triste. Eu só estava tentando fazê-la se sentir melhor.

— Vá em frente — me encorajou o menino.

— Bem, eu disse para minha mãe vir comigo. Eu a puxei para a cozinha e lá estava minha avó parada do jeito como eu a tinha deixado. Ela parecia triste e balançou a cabeça para mim. Minha mãe não a viu. Em vez disso, ela me olhou e me perguntou do que se tratava. Eu apontei para minha avó e, ainda assim, minha mãe não viu nada. Ela franziu a testa, olhou para mim e disse que precisava voltar para junto das visitas. Então eu contei a ela sobre a vovó estar lá. Minha mãe congelou. Sua expressão não era de felicidade. Ela parecia... muito, muito assustada.

Não concluí. Eu sabia que o menino ia fugir de mim nessa parte.

— Então, você viu a alma da sua avó — respondeu ele com naturalidade.

Balancei a cabeça em sinal afirmativo.

— Eu acho que sim, se isso for tipo o fantasma dela. Porque acho que eu vi o fantasma dela.

— Sim, é como o fantasma.

Enxuguei os olhos. As lágrimas haviam parado desde a aparição do menino.

— Tudo bem ver as almas. Não é uma coisa ruim, mas a sua mãe nunca vai entender. Ninguém vai. Se você não quiser incomodar as pessoas, *precisa agir como se não enxergasse as almas. Se as ignorar, elas vão te deixar em paz. Se as deixar perceber que pode vê-las, elas vão te seguir — explicou ele.*

Franzi a testa e olhei bem para o menino. Ele parecia saber muito sobre o que estava acontecendo. Será que ele também enxergava pessoas mortas?

— Como você sabia que ela não era a primeira que eu tinha visto?

Ele encolheu os ombros.

— Acho que você já vê as almas há cerca de dois anos.

Meu queixo caiu. Como ele sabia disso?

— Você também vê fantasmas?

Ele balançou a cabeça e um sorriso torto apareceu em seu rosto. Ele não achava que eu estava louca.

— Sim, eu os vejo.

— Posso parar de vê-los?

Ele franziu a testa e negou com a cabeça. Acho que ele também desejava não poder vê-los.

— Então estamos presos com essa situação?

— Infelizmente sim — respondeu ele. — Mas pense por esse lado: isso faz você ser especial. Você consegue enxergar uma coisa que ninguém mais consegue. Pense nisso como um superpoder em vez de uma coisa ruim.

Provavelmente não. Eu queria ser capaz de voar ou talvez de ficar invisível, mas não estava interessada em ver pessoas mortas.

— Pagan! Pagan! PEGGY ANN!

Meus olhos se abriram e Gee estava diante do meu rosto.

— Você não deveria dormir enquanto eu estava do lado de fora verificando as coisas ao redor da casa, mas o que acontece? Fico fora por cerca de cinco minutos, e você apaga e aquele mané horrível está na sua cabeça.

Eu me espreguicei e sentei no sofá. Eu estava perdendo o sono por causa desses sonhos. Não conseguia evitar que o sono me pegasse assim que eu me sentava em algum lugar. Bocejando, lancei um olhar irritado para Gee.

— Eu não pude evitar.

— Bem, seria bom se você pelo menos tentasse.

— Desta vez, estou feliz por ter sonhado. Ele me deixou lembrar de uma coisa que eu queria lembrar. Foi uma memória que estou feliz por ter recebido de volta.

Gee franziu a testa.

— E qual seria?

— O dia do velório da minha avó. Eu a vi. Eu vi a alma dela. Ela estava sorrindo para mim porque sabia que eu podia vê-la. Minha mãe, é claro, pirou quando eu contei sobre isso, mas eu tinha que me despedir de alguma forma. — Fazendo uma pausa, eu direcionei meu olhar para Gee. — Por favor, me diga que ela não é uma alma perdida. Por favor, me diga só que Dank ainda não havia resgatado a alma dela.

Gee parou de roer a unha do polegar e balançou a cabeça:

— Sua avó seguiu a viagem dela. Dank verificou quase todos os seus parentes. Aqueles de quem você era próxima seguiram em frente. A alma da sua avó vai voltar em breve, disso eu tenho certeza.

Soltei um suspiro de alívio e passei os braços em volta da cintura. Era uma boa memória, porque eu amava minha avó. Aborrecer minha mãe naquele dia não era algo de que me lembrava com carinho, mas agora entendia por que isso a aborrecia.

— Foi Leif quem me ensinou a ignorar as almas.

Gee revirou os olhos.

— Bem, vamos dar a ele uma medalha de honra por esse ato de bondade. Afinal, a razão para você enxergar as almas é justamente ele.

Ela estava certa, é claro. Ainda assim, o Leif dos meus sonhos era parecido demais com o menino que eu tinha conhecido no ano passado. Era difícil esquecer isso. Nada nele parecia perigoso.

— Agora, quero um pouco daquele chocolate que sua mãe fez e quero assistir mais um pedaço daquele programa a que assistimos ontem. Estou exausta de cuidar do seu traseiro. Preciso de algum tempo livre.

Fazia dias que eu tinha visto Dank, e Gee não tinha saído de perto de mim sequer uma vez. Eu sabia que esse não era seu trabalho ideal e odiava que ela estivesse se cansando dele. Eu me levantei do sofá e fui para a cozinha.

— Quer refrigerante ou leite com os seus brownies? — eu perguntei a ela.

— Leite. Faz com que os brownies tenham um gosto melhor.

A empolgação na voz dela me fez rir. Cortei para nós duas um grande pedaço de brownie e servi dois copos altos de leite. Poderíamos comer confortavelmente e ver *Gossip Girl* enquanto ela gargalhava e zombava de tudo o que elas faziam. A galera do Upper East Side era uma diversão sem fim para Gee.

Dank

Eu não via Pagan há três dias. Entrei no quarto dela e fiquei observando-a pentear o cabelo. Seu jeans era um pouco justo demais para o meu conforto. Eu não lidava bem com o ciúme. Seria mais seguro se ela usasse algo um pouco menos sexy. Meus olhos viajaram das botas pretas altas que ela calçava até os jeans extremamente justos que cobriam sua bunda como uma luva. Em seguida, ela levantou os braços para torcer as longas mechas escuras do seu cabelo em uma massa selvagem de cachos na parte de trás da cabeça, e com esse movimento, a pele nua na sua lombar brilhou. Ela era linda e era minha.

Fechei a porta atrás de mim e ela se virou, assustada. Um sorriso imediatamente iluminou seu rosto, e seus olhos pareceram me sorver. Ela correu na minha direção e se jogou nos meus braços tão rápido que um cara normal a teria deixado cair. As pernas envoltas em jeans que eu estava admirando estavam firmemente enroladas na minha cintura e ela chovia beijos por todo o meu rosto. Era possível meu coração se aquecer quando eu não tinha um coração? Apertei mais os braços ao redor da sua cintura.

— Eu também senti sua falta — sussurrei, pegando seus lábios ocupados nos meus. Ela não pressionou por mais, mas me deixou provar apenas o suficiente antes de se afastar e olhar para mim.

— Estou tão feliz. Senti demais sua falta.

— Vai ser difícil eu me concentrar naquele palco esta noite com você desfilando nesse jeans que mostra o seu corpo incrivelmente lindo. Você sabe disso, não sabe?

Rindo, ela se mexeu nos meus braços, agarrou meu rosto com as duas mãos e beijou meu nariz e testa.

Imediatamente, tirei vantagem da situação e a deitei na cama. Seus olhos ficaram grandes e redondos de surpresa quando me abaixei sobre ela e comecei a beijar seu pescoço e dar pequenas lambidas em sua clavícula. Esse era o tipo de beijo que poderíamos trocar com segurança.

O suspiro de satisfação de Pagan me deixou um pouco louco. Eu amava os pequenos sons sexy que ela fazia quando estávamos juntos assim.

— Hummmm, me beija na boca — ela sussurrou.

Balancei a cabeça de um lado para o outro, sabendo que um beijo acabaria com esse momento cedo demais. Eu ainda não estava pronto para parar. Eu vinha fantasiando sobre seu cheiro e gosto únicos há dias. E agora que a tinha embaixo de mim, eu estava ávido. Eu precisava do suficiente para passar esta noite.

— Ah — ela ofegou, enquanto eu mordia a carne macia na curva do seu pescoço e ombro. Sorrindo na sua pele quente e sedosa, inalei profundamente.

Pagan levantou os quadris e pressionou-se mais para perto de mim. Uma necessidade insana se incendiou dentro de mim, e eu sabia que precisava colocar distância entre nós. Ela se esfregar e pressionar no meu corpo com tanta confiança sempre acabava sendo minha perdição. Eu a afastei do nosso contato próximo, colocando um espaço muito necessário do calor que ela parecia tão disposta a compartilhar comigo. Soltei um grunhido de frustração e negação.

Pagan se sentou e veio descendo para envolver os braços em volta do meu pescoço. Seus lábios macios beijaram minha têmpora.

— Confie em mim, Dank Walker, só vou ter olhos para você. Ninguém mais vai chegar nem perto.

Com um rosnado provocador, virei a cabeça e mordi sua orelha.

— Bom saber. Não há necessidade de algum cara sem noção

encontrar a Morte esta noite quando ainda não é a hora dele partir.

— Dank!

Eu ri e encolhi os ombros.

— Eu diria que estava brincando, mas não estou.

Pagan sacudiu a cabeça, exasperada, pegou sua jaqueta e se levantou.

— Vamos ver meu namorado roqueiro em ação — ela respondeu com um sorriso malicioso.

Esta noite, o objetivo era se divertir com Pagan. Eu não ia deixar os problemas que nos cercavam nos atrapalhar. Leif já tinha me deixado ocupado longe dela por tempo suficiente. Eu precisava fazer um show com a banda, e Pagan queria a experiência, então funcionava perfeitamente bem.

Pagan caminhou para o corredor. Em seguida, olhou por cima do ombro e sorriu:

— Você vem ou não?

Pagan

A fumaça subiu rodopiando do chão do palco enquanto luzes estroboscópicas piscavam e os fãs gritavam. Dank me puxou e beijou meus lábios.

— Você fica aqui. Venho te ver durante os intervalos. Quero poder te ver enquanto estou cantando.

Balancei a cabeça com animação e ele deu um último beijo na minha testa antes de correr para o palco, onde os outros membros da Alma Fria já estavam a postos e prontos para começar. A intensidade total das luzes do palco se acendeu, e Dank se juntou ao baterista e ao baixista em uma abertura intensa e selvagem para uma música que não reconheci.

Dank caminhou até o microfone e seus dedos começaram a dançar pelas cordas da guitarra. Tive vontade de gritar junto com o centro cívico lotado. A camiseta cinza-carvão apertada que ele usava destacava cada músculo delicioso do seu abdome impressionante. Eu agradecia pela guitarra que o cobria. Não gostava necessariamente da ideia de que as garotas que gritavam seu nome tivessem uma visão tão completa do seu corpo perfeitamente delineado, mas eu estava me forçando a lidar com isso.

Ele virou a cabeça e seus olhos travaram nos meus. Um brilho de satisfação os percorreu, e ele piscou para mim. Claro que ele compreendia minhas preocupações. Não era surpreendente que ele gostasse da minha contrariedade quando outras mulheres olhavam para ele. O sorriso perverso em seus lábios cresceu e sua pequena covinha sexy ficou evidente para mim.

Mandei um beijo e ele estendeu a mão, como se o estivesse pegando, e então tocou os lábios com dois dedos antes de voltar para a multidão. Sinceramente, eu também estava muito perto de desmaiar. Quem teria pensado que a morte poderia ser tão incrivelmente doce?

De repente, a multidão aos gritos se acalmou como se fosse uma deixa e Dank abriu a boca para cantar.

A luz do dia desaparece enquanto eu observo você.

A escuridão reivindica o céu, e eu gostaria que você soubesse que nada do que você pode fazer vai me afastar de você, mas eu fico fora de vista e apenas sussurro.

Palavras que não posso dizer. Palavras que você não precisa ouvir.

Palavras que não consigo impedir que confundam meu caminho.

Agora, eu não posso ficar sozinho.

Agora, estou sob a sua influência.

Você assumiu o controle de mim e agora não posso ignorar o que me mostrou.

Você me tomou pra si e eu não me importo com quem fique sabendo.

Você me tomou pra si e eu não me importo se ficar evidente.

Nos seus braços, sou fraco, mas também sou mais forte.

Você me tomou pra si e eu não me importo com quem fique sabendo.

Meu coração estava acelerado quando seus olhos se voltaram para mim. Eu não tinha ouvido essa música antes e tinha todos os seus álbuns no meu iPod. Sua língua mal saiu por entre os lábios quando ele os molhou e, em seguida, sustentou meu olhar e abriu a boca novamente.

Você quer mais do que seria capaz de entender.
Estou desamparado, precisando ceder a cada comando seu.
Querer ver você sorrir me consumiu e me deixou de mãos atadas.
Nada que eu ofereça poderia ser digno do seu amor
É um milagre que você tenha me visto e nunca fugido.
Vou passar a vida inteira tentando ser o homem que você pensa que sou.
Agora, eu não posso ficar sozinho. Agora, estou sob a sua influência.
Você assumiu o controle de mim e agora não posso ignorar o que me mostrou.
Você me tomou pra si e eu não me importo com quem fique sabendo.
Você me tomou pra si e eu não me importo se ficar evidente.
Nos seus braços, sou fraco, mas também sou mais forte.
Você me tomou pra si e eu preciso sentir você aqui perto.

Seus lábios se contraíram lentamente como se ele fosse me beijar antes de voltar sua atenção para a multidão e continuar a cantar.

Você tem fogo no seu olhar.
Que hipnotiza todos a quem você permite acesso ao seu labirinto.
Não sei nada dos seus pensamentos,
mas preciso me aquecer no calor dos seus raios.
Nada do que você faça pode estar errado.
Você é perfeita para sempre, em todos os sentidos.

Agora, eu não posso ficar sozinho. Agora, estou sob a sua influência.

Você assumiu o controle de mim e agora não posso ignorar o que me mostrou.

Você me tomou pra si e eu não me importo com quem fique sabendo.

Você me tomou pra si e eu não me importo se ficar evidente.

Nos seus braços, sou fraco, mas também sou mais forte.

Você me tomou pra si e eu preciso sentir você aqui perto.

Quando a música terminou, o público começou a gritar o nome dele. Senti o orgulho brotar dentro de mim de pensar que esse... ser brilhante era meu.

— Então você é o novo casinho do Dank?

Olhei por cima do ombro para encontrar a origem da voz sarcástica. A garota tinha um sorriso irritado em seu rosto muito atraente. Uma grande quantidade de cachos loiros pendia quase até sua cintura fina, o que parecia injusto, considerando o tamanho do seu busto. O top apertado que ela usava fazia aqueles melões quase pularem para fora do decote. Se ela me dissesse que tinha acabado de sair de uma sessão de fotos para a *Playboy*, eu não ficaria surpresa.

— Ele normalmente escolhe... bem, um tipo mais *chamativo* de mulheres. Estou chocada de ver o que é que o tem mantido tão ocupado.

Sim, eu não tinha entendido mal o sarcasmo em seu tom. A garota não gostava de mim, mas o que ela estava dizendo não fazia sentido. Eu sabia com certeza que Dank não tinha "casinhos" e que o nosso era o único relacionamento que ele já tivera. Eu não tinha certeza de como responder à sua óbvia falta de conhecimento sobre ele, então voltei minha atenção para o palco e observei-o levar milhares de pessoas à loucura.

— Metida demais para falar comigo, é? Bom, isso é o que vamos ver. Eu estou aqui há muito mais tempo do que você, e meu pai é a razão pela qual a Alma Fria foi reconhecida por uma gravadora. Dank não vai gostar que você tenha sido sem educação comigo.

Finalmente, incapaz de segurar minha língua por mais tempo, virei a cabeça e encontrei o olhar feio dela com o meu.

— Quando você disser alguma coisa que valha a pena, terei prazer em responder, mas é óbvio que você não conhece o Dank de jeito nenhum. Se conhecesse, perceberia o papel de idiota absurdo que você está fazendo aqui.

Seus olhos faiscaram de fúria e eu quis rir da sua reação. A garota sabia falar o que queria, mas com certeza não sabia ouvir.

— Espero que tenha gostado da viagem, vagabunda, porque acabou. Dank não vai tolerar essa merda de você. Sou importante demais para ficar chateada.

Meu sangue começou a ferver e dei um passo em sua direção.

— Você acabou de *me* chamar de *vagabunda*? — eu sibilei.

Ela parecia muito satisfeita com a minha raiva no início, mas então seu sorriso divertido desapareceu e uma expressão apavorada iluminou seu rosto. Ela começou a se afastar de mim. Eu queria rir alto. Ela me lembrava de uma daquelas pessoas que fazem bullying na escola, mas só ladram e não mordem. Assim que alguém as chamava para a briga, elas recuavam. Tive uma sensação de poder por ser capaz de lidar sozinha com aquela situação. Em vez de esperar que Dank desse um jeito naquela vadia, eu mesma estava cuidando disso.

— Não faça isso. — A garota recuou contra a parede, e mantive meu olhar de raiva fixo nela, amando sua expressão horrorizada. Isso era divertido.

— Pagan, pare.

Eu congelei ao som da voz de Dank enquanto ele se colocava entre nós duas. O suor em seu peito encharcava a camiseta, que se agarrava ainda mais à sua pele. Então ele se virou e olhou para a outra garota.

— O que está acontecendo? — Eu o ouvi perguntar. O quê? Por que ele estava preocupado com ela?

— Ela me atacou, eu só estava tentando conversar, e ela simplesmente me atacou. — A garota soluçou em lágrimas.

Ela estava chorando? Droga, até dava para acreditar nela.

— Eu não toquei nela. Ela...

— Agora não, Pagan — Dank me interrompeu, e eu fiquei ali olhando boquiaberta para ele e para a garota que ele, aparentemente, estava consolando. Por acaso eu tinha acabado de entrar em algum universo alternativo? Nada daquilo fazia sentido.

— Ela... rosnou para mim — gaguejou a garota, apontando uma de suas longas unhas vermelhas na minha direção. Bem, talvez eu tivesse feito isso, mas ela havia me chamado de vagabunda.

— Ela me chamou...

Comecei e mais uma vez Dank insistiu:

— Espere, Pagan.

A confusão rapidamente se transformou em raiva, e eu não esperei até que ele terminasse de falar com a garota e ouvisse todas as mentiras dela. Ele deveria estar me perguntando se EU estava bem. Não ela. Eu não ia ficar parada ouvindo aquilo. E com certeza não ia ficar lá e tentar me defender, se ele não ia me dar a chance de falar. Fui andando duro em direção à porta dos fundos, esperando que Dank caísse na real e me seguisse, mas, assim que abri a porta pela qual havíamos entrado quando chegamos, ele ainda não tinha vindo atrás de mim.

Magoada, furiosa e confusa, encarei a noite. Eu não estava de carro. Dank não estava vindo atrás de mim. E ele simplesmente havia me ignorado por completo e me deixado lá. As lágrimas turvaram meus olhos e eu comecei a enxugá-las. Decidi deixar os dois em paz. Não havia ninguém para me ver chorar.

— Vou te levar para casa. — A voz de Leif me assustou. Virei e o encontrei encostado na sua caminhonete, me observando.

Não querendo que ele me visse chorar, enxuguei as lágrimas que escorriam pelo meu rosto. Eu não podia entrar em uma caminhonete com Leif. Ele era um espírito maligno que estava atrás da minha alma. A careta preocupada em seu rosto me lembrou do menino que tinha vindo ao hospital para me ver depois do acidente. Ele estava tão preocupado que dormiu do lado de fora, na sala de espera, a noite toda. Durante minha vida inteira, Leif estivera presente quando eu precisei de alguém. Nada a respeito dele era assustador. Nunca antes ele tinha me decepcionado. Olhei para trás, para a porta fechada, desejando que Dank passasse por ela, mas nada aconteceu. A raiva queimava minha garganta, e meu coração doía.

— Claro, obrigada, Leif. Uma carona seria bom.

Dank

Deixar Pagan sair magoada e chateada tinha sido quase impossível, mas, quanto mais distância houvesse entre ela e a criatura sem alma na minha frente, melhor. A raiva e a dor que emanavam dela tinham sido muito perturbadoras. Eu precisava descobrir o que era essa coisa, mas não poderia fazer isso com Pagan angustiada atrás de mim. Eu queria envolvê-la nos meus braços e tranquilizá-la, mas não podia dar a essa coisa uma chance de escapar.

— Quem é você? — rosnei, olhando feio para a loira.

Ela deu um sorriso malicioso e abandonou sua postura encolhida assim que Pagan virou e sumiu de vista.

— Ninguém que você conheça, Dankmar — respondeu ela e passou uma longa unha vermelha pela minha camiseta —, mas poderíamos mudar isso.

Dei um tapa em sua mão com força suficiente para que ela se engasgasse de dor. Que bom. Eu queria causar dor nela. Ela tinha chegado muito perto de Pagan. E minha garota tola e corajosa estava olhando-a como se ela pudesse enfrentar um demônio do Inferno com as próprias mãos.

— Você está abaixo de mim — eu a lembrei com uma voz fria e sem inflexão. — Agora me diga por que você estava perto da minha Pagan.

Ela encolheu os ombros e cruzou os braços sobre o peito.

— Eu fiz o que me mandaram fazer. É o meu trabalho, Dankmar. Você entende o que é fazer seu próprio trabalho, não entende?

— Não brinque comigo. Eu quero respostas agora. Preciso chegar até a Pagan. Não tenho tempo para isso.

Ela deu uma risadinha, e um medo gelado tomou conta de mim.

— Tarde demais — disse ela em uma voz cantada antes de desaparecer.

Não querendo acreditar na verdade que estava martelando na minha cabeça, comecei a correr pela mesma passagem por onde Pagan havia corrido apenas alguns minutos atrás. Não havia sinal dela. Abri a porta traseira e o estacionamento estava cheio de carros vazios. Nada. Fechei os olhos e procurei sua alma. E, pela primeira vez desde que eu a tinha conhecido, não consegui ouvi-la.

— NÃÃÃÃÃÃÃÃÃOOO!

CAPÍTULO 8

Pagan

Meus olhos estavam tão pesados. Eu não conseguia me lembrar por quê. Lutei para abri-los, mas não aconteceu nada.

Onde eu estava? O que eu tinha feito? Onde estava Dank? Por que meus olhos não se abriam?

— Shhhh, está tudo bem, Pagan. Não se preocupe. Estou aqui com você.

A voz de Leif. Por que ele estava aqui?

— Leif?

Dedos anormalmente quentes afastaram o cabelo do meu rosto, e eu estremeci quando fui inundada por arrepios. Não eram de prazer.

— Sim, estou aqui — murmurou ele e continuou brincando com meu cabelo.

— Onde eu estou? Por que não consigo abrir os olhos? — O pânico na minha voz era evidente.

— Você está comigo por enquanto, aqui onde é o seu lugar. Onde sempre foi o seu lugar. Você é minha desde o momento em que eu a escolhi quando éramos só crianças. E, quanto aos seus olhos, eles vão se abrir logo, logo. Seu corpo humano teve dificuldade em lidar com a viagem e, por isso, eu sinto muito.

Nada do que ele dizia fazia sentido.

— Não entendo.

— Apenas descanse. Você vai se sentir melhor em breve.

Usei toda a força do meu corpo em um esforço absurdo para abrir os olhos, mas nada aconteceu. Tudo permaneceu escuro até que, exausta, eu escorreguei para dentro da escuridão.

Piscando lentamente, olhei para o que parecia ser chiffon preto. Observei aquilo em confusão e percebi que estava jogado sobre a cama onde eu estava deitada. Virei a cabeça para olhar ao meu redor, mas percebi que o quarto estava iluminado por um leve brilho laranja. Eu me apoiei nos cotovelos e me perguntei se isso era real ou se eu estava sonhando. Velas cobriam o quarto e tremeluziam, fazendo com que a luz dançasse pelo teto. As paredes eram feitas de pedra, mas o espaço era decorado de forma sofisticada, com candelabros de prata e um lustre de cristal. Eu só podia estar sonhando. Balancei a cabeça para clareá-la e joguei as pernas para a lateral da cama, percebendo, pela primeira vez, os lençóis de seda preta em que eu estava dormindo. Como as outras partes daquele quarto, a gigantesca estrutura da cama de ferro parecia deslocada em um local com paredes de pedra. Onde é que eu estava e como eu tinha feito um lugar desses aparecer?

Fiquei sentada ali estudando as pequenas chamas na minha frente e me concentrei no que eu conseguia me lembrar: eu estivera no show do Dank, havia uma garota... uma garota má. Uma garota para a qual Dank estava dando atenção. Ah, eu tinha saído correndo e Leif havia me encontrado.

Ofegante, eu me levantei com um sobressalto e me virei, procurando por uma porta. Isso não era um sonho. Eu precisava sair dali. Algo não estava certo. Leif tinha me levado embora. Havia me drogado. Por que eu precisava ter dado aquele showzinho e saído correndo? Antes que eu pudesse surtar completamente, a parede de pedra à esquerda da cama começou a se mover e uma porta escondida se abriu.

Leif entrou no quarto vestido com sua calça jeans usual e camisa polo. Ele parecia tão normal... Parecia o *quarterback* do ensino médio de sempre. Seu cabelo loiro estava perfeitamente bagunçado, como se tivesse sido penteado para parecer intocado. Os olhos azuis em que eu antes confiava brilharam quando encontraram os meus. Era muito difícil acreditar que ele era mau.

— Você está acordada. — Ele parecia satisfeito com isso quando fechou a porta atrás de si.

— Onde estamos?

Leif estendeu as mãos e sorriu.

— Na minha casa. Gostou?

Não interrompi o contato visual. Essa não era a resposta que eu procurava e ele sabia disso.

— Por que estou aqui, Leif?

Ele sorriu e ergueu uma sobrancelha. Não era uma expressão com a qual eu estava familiarizada. Leif nunca tinha se mostrado arrogante.

— Porque você me pertence.

Forçando o pânico que estava tentando avidamente me dominar ainda mais, ao mesmo tempo em que eu mantinha minha expressão calma, dei mais um passo em direção a ele.

— Eu não pertenço a você, Leif. Eu não sou uma posse. Sou uma pessoa. Por favor, me leve de volta para casa.

Leif soltou uma risada áspera que não continha humor.

— Para que *Dankmar* possa ficar com o que eu criei? Acho que não, Pagan. — Ele parou e passou a mão pelas mechas de cabelo bagunçado. Era um movimento que eu o tinha visto fazer centenas de vezes. De alguma forma, ver aquele pequeno toque de humanidade aliviou o medo que me dominava.

— Veja, ele estava fadado a te amar. Você é diferente. Ele viu isso, mas o que ele não conseguiu explicar é que você é diferente porque eu fiz você assim. Não foi ele. Não foi o destino. Eu. Tudo sobre você foi moldado pela minha criação. Você foi escolhida para mim. — Ele estendeu a mão. — Está tudo bem, confie em mim. Meu toque nunca faria mal a você.

Balançando a cabeça, recuei até encostar as costas na grade de ferro no pé da cama.

— Eu já te machuquei alguma vez, Pagan? Ouça sua alma. Ela sabe qual é o lugar dela. O fogo que arde nos seus olhos agora é sua alma procurando por mim. — Ele parou na minha frente e sorriu como se tivesse um segredo maravilhoso para me contar. Ele estendeu a mão na minha direção. — Me dê a sua mão.

Meus olhos. Ele era a razão pela qual meus olhos estavam brilhando com uma cor laranja estranha e ele queria que eu lhe desse a mão? Acho que não. Isso era um problema.

— Por favor, Leif, me leve pra casa. Só quero ir pra casa — implorei.

Franzindo a testa, Leif deixou cair sua mão estendida.

— O que devo fazer para que você confie em mim? Você confia na Morte sem questionar. Na Morte, Pagan. Ele é a Morte. Como você pode confiar em uma criação destinada a tirar almas da Terra e não confiar em mim? Eu nunca deixei você se machucar. Eu nunca te deixei sozinha, mas ele aparece e você cai sem pensar sob o feitiço dele. O que ele fez para merecer você? Ele não salvou sua vida. Ele teria levado sua alma quando você era criança. Deixaria sua mãe sofrendo pela perda da filha e não pensaria duas vezes. É o que ele faz.

— Mas por que você me salvou?

Leif me deu um pequeno sorriso triste e inclinou a cabeça para o lado, me analisando.

— Eu não sou seu sonho mais sombrio, Pagan. Posso andar nas sombras, mas vi uma vida que valia a pena ser salva e a escolhi. Meu pai escolheu. Ele sabia que você tinha sido feita para mim. Agora cabe a você aceitar que a vida que você sempre viveu está chegando ao fim. Já passou da hora. Você deveria morrer naquele dia no acidente e, quando a Morte viesse, eu deveria levar sua alma no lugar dele. Você teria confiado em mim. Sua alma e meu espírito são um, mas a morte quebrou as regras — Leif rosnou e caminhou até uma das muitas velas que iluminavam o quarto. — Eu relaxei no meu julgamento. Eu sabia que a Morte estava com você, mas acreditava que ele estava fazendo o que faz quando tem um interesse especial por uma alma: preparando você. Em vez disso, o idiota estava se apaixonando.

Observei horrorizada enquanto ele segurava a mão sobre a chama, fazendo-a crescer até que a ponta lambesse sua palma. Seus dedos se fecharam sobre a chama, então ele se virou para mim e abriu a mão para revelar uma bola de fogo.

— Posso não controlar a Morte, mas controlo os mortos. Aqueles que fizeram escolhas menos inteligentes na Terra. Eles caminham entre as trevas sob o comando do meu pai. Sob o meu comando. Preciso de alguém para preencher a solidão. Você tem sido minha companheira por mais de quinze anos, mesmo sem perceber, mas suas memórias retornarão lentamente. Você verá que, na verdade, pertence a mim.

Dank era mais forte do que isso. Eu repeti esse lembrete na minha cabeça para evitar que meu coração disparasse no peito. Ele iria me encontrar. Mesmo se eu estivesse nas profundezas do Inferno. Olhando ao redor, duvidei seriamente que fosse onde estávamos. Nada sobre esse lugar me lembrava do Inferno. Bem, exceto que eu estava presa ali com um senhor de espíritos vodu.

— Você só vai simplesmente me tirar da Terra? E a minha mãe? Eu não posso deixá-la do nada. — Na verdade, essa era a menor das minhas preocupações, mas ele trouxera à tona o luto da minha mãe, então pensei em jogá-lo de volta na cara dele.

Leif franziu a testa e suprimiu a distância entre nós, fazendo com que meu corpo entrasse em alerta máximo. Tive que me forçar mentalmente a não recuar com sua proximidade. Eu não tinha certeza de como ele lidaria com isso. Ele estava determinado a que minha alma fosse sua, mas com certeza minha alma não queria ter nada a ver com ele.

— Vou levá-la de volta em breve. Ela nem vai perceber que você se foi. Eu só precisava de um lugar onde pudesse falar com você. Para explicar sem... — ele fez uma pausa, e uma expressão azeda curvou seus lábios — ... aquela transportadora estúpida ou Dankmar atrapalhando, parando as minhas tentativas.

Então ele ia me levar para casa. Eu não ficaria presa nesse quarto assustador de porão para sempre.

Era a melhor notícia que eu ouvia desde que ele havia entrado. Respirar ficou mais fácil.

— Você estava preocupada que eu fosse te manter prisioneira? Qual é, Pagan, você me conhece melhor do que isso. Quando eu não me certifiquei de que você estivesse feliz? Quando eu já te machuquei intencionalmente? Nunca — ele concluiu, estendendo a mão para pegar a minha e segurá-la na sua. Eu queria empurrá-lo para longe e correr para o outro lado do quarto, mas não o fiz. Irritá-lo não era a melhor ideia. Se ele estava planejando me deixar ir para casa, eu não queria fazê-lo mudar de ideia irritando-o.

— Sobre o que você quer falar comigo? — perguntei em um tom suave e não confrontador.

Pareceu agradá-lo e seu sorriso infantil surgiu. Esse era o Leif que eu conhecia. Só de ver seu sorriso minha mente se acalmou.

— Assim é melhor. Seu coração desacelerou. Eu não gosto de ver você com medo. Eu nunca quero que você tenha medo de mim.

Que pena. Eu não era fã de espíritos malignos, então sempre teria medo dele.

— Venha passear comigo, por favor. Podemos conversar enquanto eu te mostro — disse ele, puxando suavemente meu braço.

Eu não estava com vontade de fazer um tour pelo Inferno, mas também queria ir para casa, então o deixei me levar até a porta de pedra que era perfeitamente igual às paredes. Eu nunca saberia que essa porta existia se ele não a tivesse usado.

O ar frio e úmido não me surpreendia tanto quanto o ambiente à minha volta. Isso não era o Inferno. Embora tivesse um cheiro muito parecido com o que eu achava que teria se fosse. O vapor que subia da rua de asfalto preto à minha frente era do ar úmido da noite condensando-se do que devia ter sido um dia de inverno anormalmente quente, não das profundezas do Inferno. Os prédios franceses antigos e desgastados que ladeavam a rua estavam cheios de bares, discotecas e, claro, lojas de vodu. Eu podia não estar no Inferno, mas era a coisa mais próxima disso. Uma porta do bar logo à nossa frente se abriu e um homem saiu aos tropeções, gargalhando alto quando um homem maior o jogou para fora e fechou a porta com firmeza. O garotinho dançando sapateado a apenas alguns centímetros do bêbado nem mesmo vacilou quando o homem praguejou e riu, indo na direção dele. Onde estavam os pais daquele menino? Devia ser meia-noite. Uma mulher correu rua acima guinchando de tanto rir, em seguida, parou e ergueu a blusa já minúscula até que os seios saltassem livres e nus para o homem que a perseguia. Ela então se virou e continuou a correr dele em saltos agulha e com o peito completamente de fora para o mundo ver. O homem finalmente a alcançou, ergueu-a nos braços e enterrou o rosto em algum lugar que eu preferia não ver. Desviando o olhar deles e do seu comportamento revoltante, vi uma charrete puxada por cavalos vindo em nossa direção. Eu realmente nunca tinha visto uma dessas na vida real. Eu me perguntei se era por isso que as ruas cheiravam a estrume e vômito.

— Vamos, Pagan, você já viu demais. Vamos dar um passeio.

Leif me puxou em direção à charrete quando o cavalo parou na nossa frente.

— Nós vamos andar de charrete? — perguntei, enquanto ele me colocava na parte de trás.

— Vamos — respondeu ele, sorrindo, e sentou-se à minha frente em vez de ao lado. Eu estava grata por estar a alguma distância dele, mas não gostei do fato de que seus olhos estariam fixos em mim. — Então, o que você acha da Bourbon Street? É tudo o que sempre imaginou?

Eu poderia dizer honestamente que nunca tinha pensado na Bourbon Street. Nenhuma vez na minha vida eu tinha imaginado alguma coisa sobre ela. Agora eu sabia a localização exata na Louisiana onde Leif havia me trazido. Voltei minha atenção para as ruas conforme passávamos por elas. Luzes destacando a imagem de mulheres nuas brilhavam nas vitrines, e quadros-negros dizendo que ali havia o melhor *gumbo* da cidade também enchiam as ruas. As lojas de vodu eram infinitas e as pequenas bonecas em que eu sempre pensava quando alguém mencionava o vodu estavam expostas em toda parte. Isso era tudo o que eu conhecia de vodu. Uma bonequinha em que você enfia agulhas quando não gosta de alguém. Era um pensamento divertido, nada mais. Como eu tinha me desviado do foco.

— Essas lojas, as de vodu... — comecei, e Leif deu uma risadinha.

— São propriedade de pessoas comuns que sugam o dinheiro dos turistas. Nenhum deles detém qualquer poder. Eu acho que, se um verdadeiro espírito vodu aparecesse em suas portas, eles fechariam e sairiam da cidade. O verdadeiro vodu não está nessas ruas. Só pode ser encontrado nas profundezas do pântano, e por aqueles escolhidos pelos espíritos para incorporá-lo.

Oh, fabuloso, os espíritos malignos eram exigentes. Isso não tornava tudo melhor? Não revirei os olhos, mas o sorriso no rosto de Leif dizia que ele sabia que eu estava tentando me comportar da melhor maneira.

Os antigos prédios franceses começavam a dar lugar a prédios mais limpos e elegantes. Eu me perguntava quanto de Nova Orleans eu veria antes de ser mandada de volta para casa.

— Este é o Garden District. É uma área mais agradável. As mansões do sul mais bem preservadas podem ser encontradas aqui.

Por mais fascinante que fossem, eu não estava interessada nos bairros de Nova Orleans.

— Sobre que você quer falar comigo, Leif? Por que estou aqui?

Leif se inclinou para a frente e apoiou os cotovelos nos joelhos. Eu me endireitei no banco para manter uma distância segura dele. Felizmente, ele não pareceu notar.

— Eu sei que você entende agora o que sua mãe fez. Você se lembra de todas as vezes que fui até você na sua vida. Você sabe que era eu naquele dia, na casa da velha rainha vodu que tirou a doença do seu corpo. Sim, fiz isso e exijo, meu pai exige, uma restituição. Todo *gris gris* vem com pagamento. Não do tipo monetário, como os donos de lojas de vodu exigem. O verdadeiro Vodu requer algo mais. Quanto mais difícil for o pedido, maior será o pagamento.

"Eu queria que você vivesse, Pagan. Eu a vigiei desde o momento em que você chegou a Nova Orleans. A enfermeira que cuidava de você era a neta da rainha vodu. Ela me trouxe para te ver no primeiro dia em que você chegou. Fiquei fascinado com a sua coragem. Meu pai estava procurando a minha companheira e eu fui até ele com um pedido de ficar com você. Ele disse que devíamos esperar. Que, se fosse para acontecer, o destino guiaria nossas mãos. Quando os médicos disseram que você não viveria outro dia, sua mãe foi falar com a enfermeira e levou você até a velha rainha vodu que me invocou."

Ele parou e me estudou por um momento. Eu já sabia a maior parte dessa história, exceto, é claro, a conexão com a enfermeira. Depois de respirar fundo, quase um suspiro, Leif continuou:

— Uma vida não pode ser poupada de graça. O custo é uma vida por outra vida. Salvei sua vida e com isso comprei sua alma. É minha desde o dia em que você foi curada. Eu estive perto de você desde então.

Minha mãe tinha vendido minha alma ao diabo. Era isso que ele estava me dizendo. Exceto que era difícil pensar em Leif como o demônio. Ele parecia tão normal sentado ali na minha frente. Se ao menos ele fosse um garoto normal com quem eu pudesse terminar e então me afastar...

— Nada disso faz sentido. Por que você se tornou humano? Por que me ignorou por anos? Por que você fingiu quando conviveu comigo? Por que me quer? Por que não pode simplesmente me deixar em paz? — As perguntas saíram rápidas da minha boca.

E Leif fez menção de responder, mas um sorriso de escárnio zangado substituiu a fala. Isso era novo. Aquele definitivamente não se parecia com o Leif que eu conhecia. O que eu tinha dito para irritá-lo? *Ai, Deus, não permita que ele se transforme em um demônio horrível.*

— Ele está aqui. Como diabos Dankmar chegou tão rápido? — rugiu Leif e a charrete parou. Observei tudo ao meu redor quando Leif se levantou, saltou e me deixou sozinha. As luzes da rua estavam fracas e as mansões bem iluminadas e as ruas movimentadas em que estivemos antes haviam sumido. Isso era totalmente assustador. A mão de alguém agarrou meu braço e eu me virei e gritei, mas o grito morreu instantaneamente quando Dank me puxou para seus braços.

— Está tudo bem — ele me assegurou e eu soltei um soluço engasgado de alívio. Ele estava comigo. Eu ia para casa. Ele passou a mão pelo meu cabelo. — Shhhh, você está comigo. Ele se foi.

— Para onde? Tem certeza? — sussurrei no seu peito.

— Tenho, ele fugiu em vez de me enfrentar. Ele não é páreo para mim, Pagan. Eu te falei isso.

Fiz que sim, encostada em seu peito, passei os braços em volta da sua cintura e inalei seu perfume. Eu não me importava que ele tivesse ferido meus sentimentos antes. Eu reagi exageradamente. Eu só queria deixar esse lugar.

— Vamos para casa — sussurrou ele no meu ouvido.

CAPÍTULO 9

Dank

— Você não vai acabar com isso se ficar aqui encolhido em cima dela como um maldito cão de guarda — Gee resmungou da cadeira em que estava, no canto do quarto de Pagan.

Nem perdi meu tempo sendo sarcástico com ela. Eu não conseguia tirar os olhos de Pagan, que estava dormindo na cama dela. Segura. Estava comigo e estava segura. A raiva que eu sentia por eles terem-na arrancado de mim de baixo do meu nariz começou a ferver. Eu tinha sido negligente nas minhas relações com esses espíritos, mas isso não aconteceria mais. Eles tinham mexido com o cara errado. A próxima criatura sem alma que fosse enviada para perto de Pagan seria eliminada. Eu não esperaria para ver quais eram suas intenções. Eu simplesmente acabaria com sua existência. E começaria com Kendra — ela não seria outra pessoa desaparecida. Ao contrário do fraco senhor de espíritos, eu poderia ter certeza de que ninguém se lembraria dela. Eu não teria que esperar até que todas as suas almas esquecessem que ela existia. Seria uma excisão simples. Kendra deveria ter desaparecido quando Leif desapareceu. Me incomodava que ela ainda estivesse por perto, embora ela não tivesse causado nenhum distúrbio desde a partida dele. Eu estava de olho nela, mas ela agia como se fosse a líder de torcida volúvel que sempre tinha sido. Nenhuma vez ela se aproximou de Pagan ou tentou flertar comigo a fim de perturbá-la. Pelo menos, tinha mais bom senso do que aquele seu criador e soube deixar a mim e aos meus em paz.

— Você está com aquela expressão raivosa de "Vou quebrar a cara de alguém", Dankmar. O que está planejando? — Gee questionou.

Eu quase tinha esquecido da presença de Gee no quarto. Ela estava aqui quando voltamos, preocupada com Pagan. Isto era algo que eu poderia dizer sobre a Gee: ela era leal demais, e Pagan havia conseguido conquistar sua lealdade. Agora, livrar-se dela é que seria o problema.

— O tempo da Kendra já acabou. Criaturas sem alma não têm lugar aqui e eu não a quero perto da Pagan.

— Ah, que bom. Eu gosto desse plano. A vadia deveria ter ido quando Leif foi embora. Eu ando observando na escola e ela não está causando problemas, mas o fato é que está lá. Leif a deixou lá por algum motivo.

— Exatamente. — Pela primeira vez, nós estávamos de acordo. Se bem que, quando se tratava da segurança da Pagan, Gee estava sempre no mesmo time que eu.

Pagan murmurou em seu sono e rolou de costas. Observei com admiração quando seus cílios vibraram nas suas maçãs do rosto salientes. O lábio inferior rechonchudo que eu adorava estava um pouco proeminente, como se ela estivesse fazendo beicinho. As mechas sedosas escuras do seu cabelo se espalhavam ao redor dela no travesseiro. Tudo nela era incrível.

— Por favor, chega de ficar com essa cara de cachorrinho doente de amor. É irritante como o inferno — provocou Gee.

— Então, eu passei de um cão de guarda para um cachorrinho doente de amor. O que você tem com essas descrições caninas?

Gee riu baixinho.

— Não sei. Talvez eu precise de um cachorro.

— Sim, como se isso fosse acontecer. Uma transportadora que tem um cachorrinho de estimação. Onde você vai hospedá-lo enquanto estiver trabalhando? Vai deixá-lo andando nas nuvens?

— Olha se você não é um piadista... Para sua informação, eu acho que, se deixaram a Morte ter uma humana, eu posso pelo menos ter um cachorro.

Comecei a responder, mas os olhos de Pagan piscaram lentamente e ela os abriu. Eu podia ver suas pupilas se dilatarem enquanto ela tentava focá-los.

— Ei, você — ela murmurou com voz sonolenta. Era hora de Gee ir embora.

— Vá, Gee. Eu te chamo quando precisar de você aqui — falei sem me preocupar em olhar para ela. Eu gostava de ficar vendo Pagan acordar e não queria perder um segundo disso.

— Posso ver que não sou bem-vinda aqui — disse Gee em tom divertido, o que fez o canto dos seus lábios se erguerem.

— Te vejo em breve, Gee! — Pagan exclamou quando Gee saiu do quarto.

— Assim é melhor. — Suspirei, sentando ao lado de Pagan e me recostando na cabeceira da cama. Estendi a mão e puxei Pagan para colocar sua cabeça no meu peito.

— Mmmmhmmmm — ela murmurou, ainda não totalmente acordada. Leif havia drenado sua energia ao transportá-la. Era perigoso transportar um humano, embora o idiota o tivesse feito. Pagan sentiria os efeitos por dias. Eu a tinha trazido para casa em um jato particular, e ela veio dormindo o caminho todo.

— Não consigo manter os olhos abertos, mas eu quero.

Brinquei com seu cabelo enrolando as mechas em volta dos dedos.

— Isso é culpa do Leif. Ele usou um método de transporte que não foi feito para humanos. Ele vai pagar por isso.

— Desculpa ter ido embora.

O pequeno pedido de desculpas de Pagan me fez enrijecer. Ela não tinha motivo para se desculpar. Eu havia entrado em pânico e lidado com a situação da maneira errada.

— Não, eu que peço desculpas por não ter explicado que a loira não tinha alma. Eu não deveria ter desconsiderado os seus sentimentos. Vê-la tão perto de você enviou uma onda de medo por mim. Eu estava em uma missão para descobrir por que ela estava lá.

Pagan bocejou e, em seguida, inclinou a cabeça para trás para olhar para mim.

— Ela não tinha alma?

Neguei com a cabeça.

— Ela me distraiu e te chateou com o único propósito de Leif ficar sozinho com você. Eu caí direitinho na armadilha deles. — Admitir meu fracasso deixava um gosto amargo na minha boca. Eu tinha falhado com ela duas vezes agora.

— Não, eu caí na armadilha deles. Você estava tentando me proteger e eu agi como uma garota boba e ciumenta e fugi. — A sonolência havia sumido da sua voz agora. Ela não gostava que eu assumisse a culpa por nada. Se eu não a dissuadisse, ela se levantaria e começaria a reclamar sobre como eu estava errado.

— Você estava com ciúme — provoquei, e seu olhar determinado se transformou em um sorriso tímido.

— Você sabe que eu estava. A garota me chamou de seu mais novo caso e agiu como se você se envolvesse com uma garota diferente a cada semana. Eu sabia que ela não te conhecia muito bem só por causa desse comentário, mas então ela me chamou de vagabunda e, bem, eu explodi.

— Ela te chamou do *quê*? Duvido que Leif saiba disso. Como ele parece pensar que você pertence a ele, eu me pergunto como se sentiria sabendo que sua companheirinha malvada te chamou de um nome tão vulgar. — Fiz uma pausa e respirei fundo. Ficar furioso abraçado a uma Pagan muito sonolenta e exausta não era uma boa ideia. — Eu deveria ter me livrado dela naquele momento — murmurei com raiva para mim mesmo.

— Não, você não deveria. Além disso, eu estava apenas sendo uma garota ciumenta. Se eu tivesse mantido a calma, nada disso teria acontecido.

— Humm, eu gosto de você com ciúmes.

Rindo, ela beliscou meu mamilo através do algodão fino da camiseta e eu comecei a rir. O som ainda era tão novo para mim. Antes de Pagan, acho que eu nunca tinha rido.

Pagan

— Então, o que você e seu namorado roqueiro sexy estão planejando para o Dia dos Namorados? — Miranda perguntou, surgindo ao meu lado assim que saí do carro.

Eu tinha esquecido do Dia dos Namorados, mas duvidava de que a Morte realmente reconhecesse essa data. Além disso, Dank tinha partido novamente hoje de manhã. Gee estaria aqui em breve. Eu a deixei comendo os restos de waffles e cobertura de morango que minha mãe tinha colocado para mim na mesa da cozinha, antes que ela saísse bem cedo para uma convenção de escritores em Chicago. Ela ficaria fora a semana toda. Acho que provavelmente era melhor a forma como as coisas estavam acontecendo. Assim, Gee poderia permanecer em forma humana e vagar livremente pela minha casa, enquanto esperávamos que Dank encontrasse uma resposta para o meu problema.

Ao pensar em Leif, olhei para sua vaga no estacionamento e parei de andar ao ver a caminhonete dele estacionada ali. Ai, Deus, ele estava na escola. O que isso significava? Todo mundo o havia esquecido. Agora ele estava de volta.

— Eu sei que você terminou com o Leif, mas, droga, não precisa olhar para a caminhonete dele como se fosse a pior coisa do mundo. Então, ele voltou daquela viagem que fez ao norte para visitar os avós. Você vai se acostumar a ficar perto dele de novo. Não é nada de mais.

Os avós dele? O quê? E ela se lembrava dele. Minha cabeça começou a latejar. Isso era demais. Nada fazia sentido.

— Estas são as minhas meninas — a voz de Gee interrompeu meu ataque de pânico interno e eu virei minha expressão horrorizada para ela. Ela entendeu. Seus olhos desviaram rapidamente para a caminhonete de Leif e depois de volta para mim. — Bem, olha só, o rei voltou... ou devo dizer "príncipe"? — Ela sorriu de sua própria piada e apertou meu braço. — Hoje não vai ser muito divertido?

Comecei a balançar a cabeça e ela o apertou com mais força.

— Sorria e seja boazinha, Peggy Ann. Isso é tudo que você precisa fazer. Eu cuido disso — ela sibilou, e me conduziu em direção às portas da escola. Miranda silenciosamente nos seguiu, o que por si só já era um milagre. Mas Gee sempre a assustava.

Gee não parou de me puxar até chegarmos ao meu armário. Miranda disse adeus e foi se enrolar em Wyatt assim que entramos no corredor. Fiquei grata por ela ter partido, porque eu precisava falar com Gee sozinha.

— O que eu vou fazer? — sussurrei, olhando ao redor freneticamente em busca de qualquer sinal de Leif.

— Você vai agir como se tudo estivesse bem. Ele é seu ex; aja como as garotas agem perto de seus ex. — Gee soprou uma bola com o chiclete como se aquilo não fosse nada muito importante.

— Gee. Você está ciente de que ele está atrás da minha *alma* — eu retruquei com raiva.

Ela revirou os olhos.

— Você está ciente de que ele não é páreo para o Dank.

— Mas Dank não está aqui.

— Eu estou, Peggy Ann. Além disso, ele está aqui porque Dank se desfez da pequena ajudante dele. Leif não tem ninguém para se reportar a ele com notícias.

A pequena ajudante? O quê?

— Você pode explicar isso, por favor?

Gee se encostou no armário ao meu lado e puxou um chiclete da boca enquanto apoiava uma bota no armário de baixo.

— Kendra não tem alma, querida. Agora ela não existe mais. Dank estava furioso quando te trouxe de volta de Nova Orleans. Ele não é um fã do French Quarter, você sabe. Todos aqueles prédios franceses antigos o incomodam infinitamente. Mas eu gosto de todo o álcool disponível lá. Exceto as mulheres peladas. Isso, às vezes, é um pouco chato.

Kendra não tinha alma. Apoiei a testa no metal frio na minha frente enquanto Gee continuava a tagarelar sobre Nova Orleans. Claro, Kendra não tinha alma. Isso fazia todo sentido. Se Leif estivesse assim tão apaixonado por mim, ele nunca teria um relacionamento de verdade com outra pessoa. As provocações dela tinham como objetivo me fazer ir direto para os braços de Leif. E Dank, ele fingia com ela porque estava me protegendo dela. Deus, eu tinha sido uma idiota.

— Então, ela se foi... — murmurei principalmente para mim mesma.

Gee parou de falar sobre carolinas e o presente que esse doce era para o mundo e suspirou, obviamente frustrada por sua tentativa de mudar de assunto ter falhado.

— Sim, e Dank fez a limpeza. Nem uma alma sequer vai se lembrar dela. Sem trocadilhos.

— Gee?

— Sim?

— Preciso de uma coca e uma barra de chocolate. Um monte de chocolate.

Gee riu e saiu do seu lugar encostada nos armários.

— Pode deixar comigo. Eu te encontro na aula.

— Obrigada.

Eu a observei descer o corredor em direção à sala dos professores.

A risada de Leif ecoou pelos corredores e eu me virei para vê-lo parado entre o mesmo grupo de meninos que sempre o rodeava. Ele não olhou na minha direção, e as líderes de torcida ouviam cada palavra sua. Era como se nada tivesse acontecido naquele ano. Tudo era muito parecido com a mesma cena que eu tinha presenciado no primeiro dia de aula. No dia em que conheci Dank sentado nos fundos da minha classe. Sorrindo, eu me virei e fui para a sala de aula. As coisas podiam estar bagunçadas agora, mas só de pensar em como Dank tinha sido sexy naquele dia, enquanto eu tentava muito não olhar para sua adorável covinha, tornava as coisas melhores. Naquela época, eu tinha pensado que ele era simplesmente outra alma. Uma que conseguia falar. Muita coisa mudou. A alma que eu tinha certeza de que estava me seguindo não estava fazendo nada disso. Ele estava lá para levar minha alma porque eu estava destinada a morrer, mas algo havia mudado em sua mente. Eu gostava de saber que o havia afetado de uma forma que nenhum outro humano jamais tinha conseguido. Ele quebrou todas as leis do universo por mim. Ele me deixou viver.

— Coca e Snickers — Gee anunciou enquanto colocava a lata fria na minha mão e largava o Snickers na frente da minha blusa.

— Gee! — gritei de surpresa e rapidamente peguei a barra de chocolate, antes que ela caísse no chão e fosse pisoteada pela manada de alunos que vinha correndo a caminho do segundo período.

— Cavalo dado não se olha os dentes, Pei-gan, beleza? — ela disse ao meu lado.

— Você sabe ser uma criancinha voluntariosa — rebati ao abrir o Snickers e dar uma mordida.

— Sei, mas você me ama mesmo assim.

Eu só pude balançar a cabeça em afirmação. Minha boca estava cheia e é claro que ela estava certa. Eu a amava.

— Ei! Onde você conseguiu isso? — Miranda questionou enquanto corria para o meu lado.

Inclinei a cabeça para Gee, que sorriu. Nós duas sabíamos que Miranda não pediria nada a Gee.

— Ah. — Foi a resposta de Miranda. Então ela pareceu superar isso rápido o suficiente e sussurrou alto: — Você já falou com o Leif? E não é estranho ele voltar exatamente depois de Kendra se mudar? Parecia que eles estavam brincando de dança das cadeiras.

Não pude deixar de ficar tensa com a menção do nome de Leif e Kendra. Se Miranda achava que isso era estranho, a verdade realmente causaria estranhamento. Tentar assimilar o fato de que Kendra era uma criatura sem alma era demais para mim. Eu tinha que lidar com Leif e sua reivindicação sobre a minha alma. Eu teria que tirar Kendra e sua existência da minha cabeça. Talvez eu a esquecesse, como todo mundo esqueceria em breve.

Gee pigarreou suavemente.

— Não, mas ela está prestes a falar, e a gente conseguiu um lugar na primeira fila. Droga, eu deveria ter pegado pipoca enquanto estava na sala dos professores.

Leif estava vindo bem na nossa direção com seu sorriso torto, andando com aquele seu jeito confiante.

— Oi, Pagan, como você está? — perguntou ele, parando na minha frente para que eu não pudesse ir mais longe. Embora estivesse flanqueada de cada lado por Miranda e Gee, eu desejava fervorosamente que Dank estivesse aqui.

— Hum, bem, obrigada, e você?

Pude sentir os olhos de outros alunos grudados em nós. Isso era o que todos estavam esperando. O drama e a angústia da adolescência que alimentavam nossas vidas. Ah, se eles soubessem...

— Vejo que você fez uma nova amiga. — Seu olhar desviou-se para Gee, e o brilho de advertência neles era óbvio. Ele a estava realmente desafiando?

— Uh, sim, eu fiz.

— Sabe o que dizem, né? Coisa velha já era — respondeu Gee, erguendo as sobrancelhas e o encarando diretamente. — É hora do novo e melhor.

Leif enrijeceu, e eu fiquei preocupada que ela o tivesse levado longe demais. Estávamos no corredor com um monte de humanos. Talvez fosse sábio mantermos a calma do príncipe dos espíritos malignos.

— É uma questão de opinião. — Sua voz era mordaz e fria.

Conhecendo Gee, ela se divertiria com isso e tornaria tudo pior.

— Hum, tudo bem, foi bom te ver de novo, Leif, e eu, uh, vejo você por aí.

Peguei o braço de Gee e segurei-o firmemente, puxando-a comigo ao dar a volta em Leif e caminhar tão depressa quanto possível em direção ao banheiro feminino. Eu podia ouvir a respiração pesada de Miranda enquanto ela corria atrás de nós para nos acompanhar. Onde estava Wyatt quando a gente precisava dele? Não que isso fosse adiantar muito. Em qualquer dia, Miranda daria preferência à fofoca em vez de uma sessão de amassos com seu namorado.

— Caramba, Peggy Ann, você está correndo como se os demônios do Inferno estivessem na sua cola. — Gee riu da própria piada. Eu não achei nem um pouco engraçada.

— Por favor, seja boazinha. — Mudei meu foco de Gee e encontrei Miranda nos observando com um olhar de preocupação misturado com determinação. Percebi que ela estava preparada para Gee me atacar e estava se preparando mentalmente para vir em minha defesa.

— Eu estava sendo legal — Gee falou lentamente e puxou o braço para longe do meu alcance. — Caramba, Pagan, se controle. Coma seu chocolate e beba seu refrigerante. Acho que seu nível de açúcar está baixo e isso está te deixando mal-humorada.

Suspirando, eu me encostei na parede ao lado da pia e tomei um gole da Coca. Eu precisava falar com Gee a sós, mas a postura protetora que Miranda tinha assumido dizia que ela não iria a lugar nenhum. Então, em vez disso, comi minha barra de chocolate e lancei olhares de advertência na direção de Gee.

— Quando, hum... bem, quando o Dank volta? — A voz de Miranda falhou. Gee pareceu achar isso divertido.

— Não tenho certeza, ele provavelmente vai ligar hoje à noite.

— Você vai contar para ele que o Leif voltou? — ela perguntou com cautela.

Claro que eu contaria, assim que o visse. Melhor ainda, eu poderia mandar Gee contar a ele. Eu não tinha certeza se poderia convencê-la a me deixar sozinha, com Leif tão perto agora, mas tentaria o meu melhor.

— Claro, mas não é nada tão importante assim. Leif terminou comigo antes de ir embora. Ele só está sendo gentil. Você sabe disso. — Eu falando não era nem remotamente crível.

Miranda franziu a testa, caminhou até o espelho e começou a arrumar alguns dos seus cachos que ela achava que estavam fora do lugar.

— Hummm... bom, ex-namorados podem ser um problema. Mesmo os bons como Leif.

Ela não fazia ideia.

— Acho que vai ficar tudo bem.

Gee achou isso engraçado e eu olhei na direção dela, o que só a fez gargalhar mais alto.

Miranda olhou por cima do ombro e franziu a testa para Gee, mas não disse nada.

— Ok, terminei. Minha taxa de *açúcar no sangue* deve estar boa agora. Vamos para a aula. Acho que estamos atrasadas.

Capítulo 10

Dank

A alma ao meu lado observava ansiosamente o garotinho que chorava alto sobre o antigo corpo dela. Eu não gostava de situações como aquela; precisava de um transportador imediatamente. No entanto, eu não iria embora até que alguém ouvisse os gritos do menino e viesse correndo para ver como ele estava.

— Acorde, vovô. Vamos, acorde! — gritou o menino, sacudindo o corpo vazio caído no campo. Lágrimas sujas escorriam pelo rosto do garoto. Embora ele quisesse acreditar que seu avô estava apenas dormindo, ele sabia a verdade. Os soluços que sacudiam seu corpo eram um indicador de que ele já havia aceitado o fato de seu avô ter falecido.

Olhei para a alma cujo rosto estava tenso de frustração. Ele não gostava de ver o menino chateado.

— Ele vai ficar bem. Você teve vários anos com ele para marcar a vida dele — eu disse à alma, e os olhos do homem se ergueram para encontrar os meus. Um pouco de paz pairou sobre ele.

— Desculpe o atraso, Dankmar — Kitely falou ao aparecer à direita da alma.

Balancei a cabeça em cumprimento, mas não disse nada. A transportadora pegou a alma e saiu, mas eu esperei. Deixar o menino ali sozinho com seu avô morto não era algo com que eu me sentia confortável. Não que ele fosse correr algum perigo, pois sua alma não estava marcada para deixar a Terra. Sua vida seria longa, mas deixá-lo sofrer sozinho era errado. Eu o observei agarrar a camisa do avô e enterrar o rosto no tecido. Seus soluços estavam diminuindo agora. A aceitação sempre era mais fácil para os jovens.

— COLBY! — gritou uma voz feminina estridente e levantei os olhos para ver uma jovem de cabelos ruivos curtos vir correndo pela colina. O medo estava gravado em seu rosto, e seus grandes olhos castanhos brilhavam de ansiedade com o choro do filho. Ela estava preocupada com o menino e não percebeu que seu pai havia morrido. Olhei para o menino mais uma vez enquanto ele levantava a cabeça e chamava sua mãe. Meu trabalho ali estava feito, então eu os deixei.

A casa cheirava a amônia e pomada mentolada descongestionante. Era um cheiro familiar. Todas as casas dos idosos que eu visitava tinham o mesmo cheiro. A velha, aninhada firmemente em sua cama, sob várias mantas caseiras que eram uma mistura de padrões de cores vivas que eu não tinha dúvidas de que ela mesma havia feito, olhou para mim com os olhos turvos. Ela vivera um longo tempo e a vida tinha sido boa com ela. Cento e cinco anos na Terra era um presente que poucos recebiam. Apenas às melhores e mais honradas almas essas vidas eram concedidas.

— Bem, já era hora de você chegar — sussurrou ela, com a voz fraca.

Eu não pude deixar de rir. Ela estava esperando por mim. Os mais velhos sempre esperavam, pois sabiam quando era a hora. Essas eram as almas mais fáceis de desconectar do corpo.

— Cheguei na hora exata, *cher*, você só estava impaciente — eu a provoquei com o carinho que seu marido usava quando estava vivo. Lembrei dele murmurando "Te vejo do outro lado, minha *cher*" para ela antes de deixar seu corpo. Ela sorrira em meio às lágrimas. Fazia quase cinquenta anos que isso tinha acontecido.

— Ah, você o ouviu. — Ela sorriu e as rugas em seu rosto ficaram ainda mais marcadas.

— Ouvi.

— Bem, vamos continuar com isso, estou pronta para ver meu homem — ela sussurrou, e uma série de tosses devastou seu pequeno corpo frágil. Peguei sua mão macia e fria, e ela me deu um pequeno aperto antes que eu arrancasse sua alma.

Gee estava sentada na cadeira roxa, onde antes eu passava as noites quando entrava no quarto da Pagan. Desviei o olhar para a cama e percebi que estava vazia. Olhei para Gee.

— Onde ela está?

— Relaxa, Dankmar. Relaxa. Você também está com nível baixo de açúcar no sangue? — ela falou lentamente. O que diabos ela queria dizer com nível baixo de açúcar no sangue?

— Onde ela está? — insisti.

Gee suspirou alto e esticou as pernas na frente dela. Pela primeira vez, não estava usando o coturno preto alto de que ela tanto gostava. Seus pés estavam descalços e as unhas estavam pintadas de um tom horrível e forte de verde.

— Ela está no banheiro, caramba.

Virei para sair do quarto pisando duro quando Gee me parou.

— Hum, Dankmar, não acho que ela vá gostar que você a importune no banho.

Ela estava certa, é claro. Eu não estava pensando. Fazia quase vinte e quatro horas que a tinha visto e eu estava ficando mais e mais frustrado a cada minuto. Leif estava completamente fora do meu radar, e eu ainda não sabia como lidar com ele. Achava que, depois de me livrar de Kendra, ele iria aparecer, mas não tinha recebido resposta ou reação.

— Você perdeu um dia muito divertido. — A voz cantante de Gee não era algo em que eu encontrasse conforto. Isso significava que ela estava prestes a dizer algo que iria me irritar.

— O que eu perdi?

— Bem, vamos ver, descobri que Pagan tem nível baixo de açúcar no sangue e vira uma brux... um bicho, se não comer uma barra de chocolate durante um momento estressante. E Miranda, de fato, adora fofoca e, possivelmente, adora Pagan mais do que ama o garoto alto e esguio em quem ela anda pendurada. — Gee fez uma pausa e uma careta, quando ouviu meu rosnado zangado. Eu não estava a fim de joguinhos. — Oh, e Leif voltou da viagem em que tinha ido visitar os avós no norte. A escola inteira ficou animada.

Ele tinha voltado para a escola. Quando eliminei Kendra, ele não foi atrás de mim; ele retornou ao mundo de Pagan. Por essa, eu não esperava.

— Pagan está bem?

Gee se levantou e deu um sorriso divertido antes de ir para a porta.

— Sim, claro. Fiquei em cima dela como, hum... Acredito que aquela idosa semana passada que pegamos depois que ela incendiou a cozinha de casa disse "como o branco no arroz". — Gee riu. — Aquela era uma velhinha engraçada. Espero poder transportar a alma dela novamente na próxima vez. — Então Gee saiu do quarto.

O vestido rosa-claro pendurado na porta do armário chamou minha atenção. O tecido macio parecia quase precioso o suficiente para tocar a pele de Pagan. Fui até ele, peguei a bainha delicada e esfreguei a textura sedosa entre os meus dedos.

— Você gostou? — Pagan perguntou antes de envolver os braços na minha cintura.

— Adorei. Quando você vai usar? — Virei-me em seus braços para olhar para ela e mergulhar em suas feições.

— Bem... — Ela mordeu a parte de dentro do lábio, nervosa, e então desviou o olhar de mim para o vestido. — Eu o vi na loja e simplesmente... gostei. Acho que preciso de um lugar para usá-lo... — Ela parou, me encarando com esperança.

Ela estava me pedindo para levá-la a algum lugar legal? Nossas últimas semanas não tinham sido nada divertidas para ela. Estávamos lidando com Leif e as merdas que o envolviam. Além do show que tinha terminado de forma horrível, eu não a tinha levado a lugar nenhum.

A porta rangeu e levantei os olhos para ver Gee enfiar a cabeça para dentro.

— Chama-se Dia dos Namorados, seu idiota — anunciou ela. — Se vai namorar uma humana, Dankmar, precisa se lembrar das datas que eles comemoram. — Gee me lançou um olhar exasperado antes de fechar a porta mais uma vez.

Dia dos Namorados. Eu tinha me esquecido dessa data. Esse tipo de evento comemorativo geralmente significava mais trabalho para mim. Pessoas deprimidas tendiam a acabar com a vida durante ocasiões especiais, e os festeiros bebiam muito e depois pegavam o carro para dirigir. Apesar disso, o Dia dos Namorados não era tão ruim assim no que dizia respeito a suicídios e acidentes de carro.

— Sinto muito, Pagan. Pelo visto, não sou muito bom nisso. Você pode me perdoar por não pensar que preciso fazer mais do que apenas aparecer no seu quarto ou ir com você para a escola? Eu sou um namorado terrível, não sou?

— Ignore a Gee. Ela só gosta de te incomodar. Sinceramente, eu não o comprei na esperança de que você me levasse a algum lugar no Dia dos Namorados. Só vi e lembrei que, uma vez, você quis que eu vestisse rosa-claro, para o baile da escola. Pensei em comprá-lo e, talvez, quando tivéssemos tempo, eu pudesse usá-lo em algum lugar com você.

Beijei o topo da sua cabeça. Leif estava interferindo nas nossas vidas e eu não gostava disso. Minha mente estava muito focada nele e na alma de Pagan. Eu a tinha negligenciado.

— Nesse Dia dos Namorados, temos um encontro e com certeza quero que você use esse vestido.

Pagan

Dank se foi novamente hoje. Ele passou a noite comigo ou, pelo menos, estava lá quando peguei no sono. Ontem à noite, ele tocou minha música. Eu senti falta de ouvi-lo cantar.

Houve mais palavras adicionadas desta vez, como se ele tivesse aperfeiçoado a letra. O som desesperado em sua voz me deixou feliz por estar deitada na cama olhando para ele. Eu tinha certeza de que teria me tornado uma poça derretida no chão se tentasse me levantar. Seu cabelo escuro caía nos olhos quando ele olhava para o violão em suas mãos e dedilhava o início da música. Eu a reconheci imediatamente. A letra tinha passado pela minha cabeça durante toda a manhã enquanto eu cantarolava a melodia assustadoramente doce.

Você não foi feita para o gelo, você não foi feita para a dor.
O mundo que vive dentro de mim só me trouxe temor.
Você foi feita para castelos e para viver ao sol.

O frio que corre em mim deveria ter feito você fugir.

Apesar disso, você fica. Segurando-se em mim
Apesar disso, você fica, estendendo a mão que eu afasto
Apesar disso, você fica, quando eu sei que não é certo
pra você.
Você fica
Você fica

Não consigo sentir o calor. Preciso sentir o gelo.
Quero segurar tudo e anestesiá-lo até não conseguir
sentir a faca.
Então eu te afasto e grito seu nome
Sei que não posso precisar de você, mas você cede mesmo
assim

Apesar disso, você fica. Segurando-se em mim
Apesar disso, você fica, estendendo a mão que eu afasto
Apesar disso, você fica, quando eu sei que não é certo
pra você.
Você fica
Você fica

Não consigo sentir o calor. Preciso sentir o gelo.
Quero segurar tudo e anestesiá-lo até não conseguir
sentir a faca.
Então eu te afasto e grito seu nome
Sei que não posso precisar de você, mas você cede mesmo
assim
Apesar disso, você fica. Segurando-se em mim
Apesar disso, você fica, estendendo a mão que eu afasto
Apesar disso, você fica, quando eu sei que não é certo
pra você.
Você fica
Você fica

Oh, a escuridão sempre será meu manto e você é a

ameaça para desvendar minha dor.
Então vá embora. Vá embora e apague as memórias.
Preciso enfrentar a vida destinada a mim.
Não fique e estrague todos os meus planos.
Você não pode ter minha alma, eu não sou um homem.
A casca vazia em que vivo não foi feita para sentir o calor
que você traz.
Então eu te afasto e te afasto
Apesar disso, você fica.
Ooooooh
Você fica
Você fica
Você fica

— O que você está fazendo parada aqui toda sonhadora e sozinha? — Miranda perguntou, tirando-me dos meus pensamentos ao bater com a mão no armário fechado ao lado do meu. Eu não conseguia tirar o sorriso do rosto.

— Dank — respondi.

Miranda ergueu as sobrancelhas e se abanou com uma das mãos.

— Menina, eu não te culpo, aquele garoto sabe usar jeans como ninguém.

Eu ri e balancei a cabeça. Miranda realmente apreciava os homens. Ela amava Wyatt, mas isso não a impedia de olhar o resto da população masculina.

— Falando em gostosura, aí vem o seu último namorado, pelo qual a gente poderia babar — sussurrou Miranda.

Não era o que eu queria ouvir naquele momento, muito menos ter de lidar com isso. Espiando por cima do meu ombro, observei Leif falar com aqueles que passavam por ele até conseguir chegar a mim. Era muito fácil fingir que ele era normal. Fechando a porta do meu armário, eu me virei para encará-lo.

— Leif — murmurei. Foi o melhor que pude fazer.

Ele aparentemente achou essa reação divertida porque seu sorriso só aumentou.

— Pagan, que bom ver você também.

Haha. Ele não era um piadista?

— Do que você precisa? — perguntei um pouco bruscamente, porque Miranda me deu uma cotovelada forte.

— Bem, eu estava pensando sobre as aulas particulares. Quero dizer, agora que estou de volta, preciso manter minha nota, e você sabe que não posso fazer isso sem a sua ajuda.

E eu com isso? Não havia como um espírito vodu ser disléxico. Ele achava que eu era idiota?

— Ah, bom, quando você *foi embora*, eu preenchi sua vaga, mas tenho certeza de que existem outros tutores disponíveis, se você sentir que *realmente* precisa de um. — Tentei o meu melhor para passar a mensagem sem Miranda perceber nada.

— Mas você foi tão útil. Duvido que alguém mais seja capaz de me ajudar do jeito que você ajudava.

Ele estava gostando disso. O brilho nos seus olhos dizia que ele estava gostando demais de cada minuto. Eu queria afastá-lo e ir para a aula, mas isso só causaria drama e atenção, o que eu não queria. Então, em vez disso, puxei minha mochila mais para cima no ombro e dei a volta nele sem dizer outra palavra. Ouvi Miranda se desculpar pelo meu comportamento, o que era simplesmente ridículo, mas ela não sabia disso.

— O que você tem? Eu sei que ele terminou com você, mas você tem o Dank agora. Por que guardar rancor? — Miranda perguntou depois que me alcançou.

Abri a boca para responder, quando o toque do seu celular me interrompeu. Miranda vasculhou a bolsa com pressa para encontrá-lo antes que um professor ouvisse.

— Você sabe que deve desligar essa coisa na escola. Vai fazer com que seja confiscado de novo — eu a repreendi.

Ela o tirou da bolsa e me lançou um olhar irritado antes de atender.

— Alô. Por quê? O que está acontecendo no campo?

Miranda agarrou meu braço para me impedir. Seu rosto parecia confuso.

— Precisamos descer para o campo. Não sei por que, mas era Krissy Lots, que disse que eu precisava ir para o campo de futebol imediatamente, então ela desligou. Havia sirenes ao fundo.

— Sirenes? — Meu interesse passou da curiosidade a alarme.

— Vocês duas precisam vir comigo, agora. — Gee apareceu na minha frente, e eu realmente esperava que só eu tivesse notado quando ela se aproximou. Aparecer do nada assustaria as pessoas.

— Temos que ir para o campo de futebol americano — expliquei, enquanto Miranda a ignorava e empurrava os outros alunos para conseguir passar.

— Eu sei que vocês têm — respondeu Gee, sem um pingo de sua atitude normalmente sarcástica. Em vez disso, ela parecia preocupada. Isso só poderia significar... oh, Deus.

Não fiquei lá esperando uma explicação. Em vez disso, corri atrás de Miranda e, ao mesmo tempo, alcançamos a porta que levava ao campo de futebol. Corremos por todo o caminho em direção a um campo, que agora fervilhava de pessoas e duas ambulâncias. Havia apenas uma pessoa que nós duas conhecíamos que ia ao campo todas as manhãs para correr: Wyatt.

PREDESTINADA

CAPÍTULO 11

Eu estava entorpecida. Parada ali, enquanto os paramédicos trabalhavam incansavelmente sobre o corpo inerte de Wyatt, eu não conseguia me mover. Os soluços de Miranda, implorando para ele acordar, pareciam tão distantes. Nada parecia real. Era quase como se eu estivesse tendo uma experiência fora do corpo. Além da minha avó, eu nunca havia perdido ninguém que eu amava. Certamente, ele não iria morrer. Dank não teria me avisado? Ele não sabia dessas coisas de antemão?

Como se tivesse ouvido seu nome nos meus pensamentos, ele apareceu, parado como um lindo anjo sombrio atrás do paramédico que estava curvado sobre Wyatt e administrava a RCP. Eles estavam preparando o desfibrilador para dar um choque no coração. Nada mais tinha funcionado.

Os olhos de Dank encontraram os meus e pude ver a tristeza nas profundezas azuis. Isso não podia significar o que eu pensava que significava. Ele tinha vindo apenas para me tranquilizar, não tinha? Wyatt era muito jovem para simplesmente cair morto. Ele era meu amigo. Não qualquer amigo, mas aquele que tive durante toda a minha vida ou desde que me lembrava. Tínhamos competições de comer cachorro-quente, correr em motocross. Wyatt foi quem me ensinou a andar de skate, e era eu quem colocava isca de fígado de galinha no seu anzol quando íamos pescar. Ele odiava essas coisas; sentia náusea. Ele fazia parte da minha vida, e eu não queria deixá-lo ir embora. Dank não via isso?

— Wyatt, por favor, amor, por favor, abra os olhos para mim — Miranda pediu, soluçando, com a voz entrecortada, quando eles colocaram as duas pás em seu peito da mesma forma que eu tinha visto ser feito em *Grey's Anatomy*. O peito de Wyatt subiu e desceu com um solavanco rápido, enquanto todos pareciam estar pairando sobre ele e implorando para que ele respondesse. Mas nada aconteceu. Eu os vi fazer isso de novo e com os mesmos resultados. Nada estava acontecendo. Então, observei a alma de Wyatt se erguer do seu corpo e ir diretamente para Dank. Wyatt nunca chegou a olhar para trás quando um transportador que eu nunca tinha visto deu um passo à frente e, em um instante, eles partiram. Wyatt partiu.

O horror do que eu tinha acabado de testemunhar parecia uma faca no meu peito. Ele tirou Wyatt de mim. Como ele podia tirar alguém de mim tão facilmente? Miranda caiu no chão enquanto os paramédicos declaravam a hora da morte como 8h02. Eu não conseguia ver se Dank ainda estava ali assistindo ao nosso mundo desmoronar. Em vez disso, fui até Miranda e me juntei a ela na grama molhada de orvalho. Envolvendo meus braços ao redor do seu corpo, eu me permiti ceder à dor.

Os paramédicos acreditavam que era um aneurisma cerebral, mas ninguém saberia com certeza até depois da autópsia. Ver o corpo de Wyatt fechado em um saco para cadáveres foi o momento mais bizarro da minha vida. Embora eu soubesse que ele não estava mais lá, ainda era um momento estranho. Lutei contra a vontade de pular, correr até eles e exigir que o soltassem. Ele não seria capaz de respirar naquele saco. Ele odiava espaços fechados. Uma vez, eu o tinha fechado no meu armário e trancado a porta. No momento em que o soltei, ele tinha chegado a um ataque de ansiedade completo. Agora, eles o estavam fechando em um saco e logo ele estaria a sete palmos. Nós o veríamos deitado em um caixão, então ele estaria perdido para nós para sempre. Sem bolsa de estudos para jogar basquete. Sem NBA. Wyatt tinha partido.

Miranda não havia falado nada nem comido desde que sua mãe aparecera na escola depois de receber um telefonema da secretaria. Miranda e eu não havíamos nos movido de onde tínhamos ficado encolhidas no chão quando sua mãe chegou. Consegui persuadir Miranda a se levantar e fomos na parte de trás do Cadillac de sua mãe até a casa dela. Agora ela estava enrolada em posição fetal em sua cama rosa fofa com o bichinho de pelúcia que Wyatt havia lhe dado no Dia dos Namorados do ano anterior. A pelúcia tinha um colar em volta do pescoço com um pequeno diamante em forma de coração — um colar que Wyatt havia economizado por quase um ano para comprar. Por doze meses, ele havia me parado no corredor pelo menos duas vezes por semana e sussurrado quanto tinha avançado no cumprimento da sua meta. Eu sorria e balançava a cabeça, porque eles eram muito melosos.

— Quanto tempo você planeja ficar aqui? — Gee perguntou, e eu pulei, assustada com a chegada dela. Não esperava que ela aparecesse ali.

Franzindo a testa, olhei para Miranda e me perguntei se ela estava dormindo. Eu sabia que o comprimido que sua mãe lhe dera assim que chegamos tinha sido para ajudá-la a dormir.

— Ela está dormindo, mas também não poderia me ver nem ouvir. Estou incógnita — Gee explicou.

Eu não queria ir para casa. Não queria deixá-la. E, sinceramente, não queria ver Dank. Estava confusa e magoada, e a morte não era realmente quem eu queria ver no momento. O quarto de Miranda era mais seguro.

— Vou passar a noite aqui. Não vou embora até que ela melhore — respondi em poucas palavras definitivas.

Parte de mim também estava com raiva da Gee. Afinal, esse era o trabalho deles. Por acaso não tinham considerado que eu gostaria de saber sobre a morte de Wyatt? Talvez eu pudesse ter impedido. Se eu soubesse que ele tinha um aneurisma, poderia ter feito alguma coisa.

— Você está brava com ele, não está? — Gee perguntou com naturalidade.

Eu apenas balancei a cabeça em sinal afirmativo.

— Isso iria acontecer mais cedo ou mais tarde. Você não pode amar a Morte, Pagan, e não a aceitar. É para isso que ele foi criado. Ele não é apenas um cara sexy que sabe cantar e tocar violão.

Eu sabia, é claro, mas agora eu não queria falar sobre isso. Nem com ela e nem com ele.

— Diga a ele que preciso de um tempo. Não quero que ele apareça aqui. Não quero lidar com isso agora. Eu preciso chorar, sozinha.

Gee abriu a boca para contestar, mas fechou quando olhei para ela friamente.

— Beleza, tudo bem. Se é assim que você se sente.

— É assim.

Dank

— Dizer que ela está puta da vida seria um eufemismo — Gee comentou, enquanto entrava no quintal de Miranda, onde eu estava esperando desde que ela entrara para falar com Pagan. Eu não me sentia confortável invadindo a privacidade da Pagan enquanto ela estava no quarto da Miranda. Então, em vez disso, mandei Gee no meu lugar.

— O que ela disse?

O medo gelado de que eu tivesse destruído os sentimentos que Pagan tinha por mim estava me consumindo por dentro desde que eu pegara a alma de Wyatt. Se eu apenas tivesse prestado atenção à agenda e notado seu nome... mas eu tinha passado o cronograma sem dar atenção. Era a primeira vez que eu deixava de notar algo assim, porque sempre prestava atenção nas almas que tinham algum significado. Eu não conseguia descobrir como havia deixado passar a alma de Wyatt. Sua morte acabara me surpreendendo tanto quanto a todos os outros. Se eu soubesse, teria preparado Pagan.

Quando cheguei ao campo de futebol americano para encontrar o corpo de Wyatt, quase me recusei a tirar sua alma. Mas, enquanto estava lá de olho em Pagan, eu sabia que não poderia. Já tinha recebido uma concessão por ter quebrado as regras e não receberia outra. E não podia deixar Pagan. Minha natureza egoísta vencia. Incapaz de olhar nos olhos dela, eu havia me abaixado e tirado a alma de Wyatt do corpo sem vida. Eu já havia encontrado aquela alma antes. Era sua terceira vida. A alma de Miranda era sua companheira. O luto dela seria profundo porque ela havia perdido uma parte de si mesma. Eu odiava saber que tinha um papel em tudo isso.

— Ela está chateada, Dank. No momento, o fato de você ser a Morte lança uma luz totalmente nova sobre a compreensão que ela tem de você. Antes de hoje, ela nunca havia realmente mergulhado no seu propósito, porque você nunca tinha tirado ninguém dela. Agora, ela sabe.

E está lutando contra o fato de que, para a maioria dos humanos, a morte é algo que eles odeiam, temem, e ela está apaixonada por ele.

Senti uma aversão a mim mesmo se infiltrar sob a minha pele, e baixei a cabeça. Era inevitável. A Morte não era algo que os humanos amavam. Agora, minha Pagan tinha percebido como, de fato, era difícil me amar. Eu havia destruído seu mundo hoje e o largado em pedaços, e não havia nada que eu pudesse fazer para reparar.

— Ela te ama, Dankmar. Eu sei que ela ama, mas não vai ser fácil para ela lidar com isso. É um conceito difícil para mim, e eu nem sou humana. O cérebro humano da Pagan vai ter dificuldade de processar tudo. Apenas dê a ela tempo e espaço.

Espaço? Como eu daria espaço? Eu nem sequer suportava ficar longe dela por horas a fio. Como eu ia parar e esperar?

— Como? — perguntei, levantando a cabeça para fitar Gee. Eu esperava que, pela primeira vez na minha existência, ela tivesse algo sábio a dizer.

— Como? Bem, diabos, Dank, por acaso eu pareço o Criador? Não faço a menor ideia. Você simplesmente dá.

— Acabei de dar esse espaço — repeti, olhando para a janela, onde podia sentir o coração de Pagan batendo.

Ela estava segura lá em cima. Eu teria que deixá-la aceitar o que eu era. Minha esperança era que não demorasse muito.

— Você vai ficar aqui e cuidar dela? — Eu precisava de alguma garantia de que, enquanto ela escolhesse ficar longe de mim, ainda tivesse alguém por perto.

Gee revirou os olhos e colocou a mão na cintura.

— Você sabe que sim. Também estou preocupada com ela, Dank. Não vou a lugar nenhum. Já que você não tem o peso do desejo da Pagan de ter você ao lado dela, por que não vai lidar com alguns espíritos vodu e chutar uns traseiros?

Essa era a primeira coisa na minha lista.

— É o que eu pretendo fazer. Depois disso, lidar com Leif é a última coisa de que ela precisa. Tenho que descobrir como me livrar dele.

Gee soltou um suspiro de alívio e acenou com a cabeça em concordância.

— Sim, você tem, e esta é a hora perfeita para fazer isso.

CAPÍTULO 12

Pagan

Casas funerárias costumavam ser lugares dos quais eu ficava longe, porque as almas errantes tendiam a ficar presas nelas. Hoje, no entanto, eu estava sentada ao lado de Miranda, segurando sua mão firmemente entre as minhas. Fomos colocadas na seção de família pela mãe de Wyatt. Ela disse que nós duas éramos tão próximas dele quanto qualquer um de sua família. Considerando que tínhamos enfrentado todos os anos de nossas vidas juntos, desde a pré-escola, eu tinha que concordar. O Halloween em que nos vestimos como os Três Mosqueteiros veio à minha mente, e um pequeno sorriso apareceu nos meus lábios. Eu não tivera vontade de sorrir nos últimos dois dias. Miranda e eu tínhamos sofrido juntas. Ainda no dia anterior, havíamos passado horas conversando sobre coisas diferentes que Wyatt fazia para nos fazer rir ao longo dos anos. Os sentimentos ao lembrar disso eram controversos. Depois de algum tempo, Miranda tinha ficado tão agitada de novo que sua mãe lhe deu outro comprimido para dormir.

Então havia o fato de que eu sentia falta de Dank. Parecia quase como se eu estivesse traindo Wyatt ao sentir falta de Dank, mas não havia como evitar. Eu o amava, mas ainda não estava pronta para enfrentá-lo. Talvez, depois que enterrássemos meu amigo e nos ajustássemos à vida sem ele, eu pudesse falar com Dank. Olhá-lo nos olhos e não gritar de fúria. Eu tivera tempo suficiente para pensar sobre isso, e sabia aqui devia haver uma razão para Dank não ter me contado, mas eu simplesmente não estava pronta ainda para ouvir esse motivo.

Minha atenção se desviou para Leif quando ele entrou e abraçou a mãe de Wyatt, em seguida, apertou a mão do pai, antes de se sentar entre os outros alunos que tinham vindo — quase todo mundo. Leif apenas caminhava entre todos como se fosse um deles. Como se ele se importasse com a morte do meu amigo. Fiquei zangada ao pensar em como sua presença era desrespeitosa. Wyatt pensava que Leif era seu amigo. Ele confiava em Leif. Durante todo o tempo, Wyatt nunca tinha sido mais do que uma ferramenta para ele. Uma forma de chegar perto de mim. Desviei minha atenção de Leif antes de eu ficar completamente envolvida, e olhei ao meu redor.

O funeral demoraria mais trinta minutos para começar. Até lá, não sobraria mais nenhum lugar para se sentar. Meu olhar vagou sobre todos que eu reconhecia da escola. Com alguns, eu tinha contato; com outros não. Era estranho como, quando um de nós morria, todos nos uníamos. Mesmo que não nos conhecêssemos ou nos odiássemos, nesse dia, estaríamos juntos.

Procurei minha mãe. Ela havia pegado um voo de volta para casa assim que soube e partiria novamente no dia seguinte. Eu tinha garantido a ela que não deixaria a casa de Miranda por alguns dias, então não havia necessidade de ela ficar em casa e perder os últimos dois dias da convenção por minha causa. Ela estava sentada ao lado dos pais de Miranda. Eu me sentia feliz por ela estar presente. Vê-la me dava um pouco de força muito necessária.

As portas se abriram e entrou alguém que eu não esperava que estivesse ali naquele dia. Jay Potts tinha sido meu namorado do nono ano até o final do ano letivo anterior, quando ele decidiu ir fazer faculdade em outro lugar e seus pais também se mudaram. Tínhamos terminado porque relacionamentos à distância nunca dão certo. Ao ver Jay caminhar pelo corredor, senti as lágrimas brotarem dos meus olhos. Nós quatro — Miranda, Wyatt, Jay e eu — tínhamos sido um grupinho desde o primeiro ano do ensino médio até o ano passado, então, muitas das minhas memórias de ensino médio com Wyatt eram as mesmas das quais Jay fazia parte. Seus olhos castanho-escuros encontraram os meus, e ele me deu um sorriso triste.

— Jay está aqui — Miranda sussurrou, enquanto levantava a cabeça e olhava para ele, que estava falando com os pais de Wyatt.

— Eu sei.

Parecia adequado que ele estivesse aqui no final. Wyatt teria adorado vê-lo.

— Fico feliz — Miranda respondeu entre as fungadas.

— Eu também. Parece a coisa certa.

Miranda deitou a cabeça no meu ombro e ficamos ali sentadas uma junto da outra, enquanto o pastor falava, e então o caixão foi fechado e levado para o túmulo já preparado para Wyatt.

— Eu não posso vê-los colocando Wyatt no solo. — A ansiedade na voz de Miranda, misturada com o tremor em seu corpo, me dizia que provavelmente era uma boa ideia que ela não chegasse mais perto daquilo tudo. Eu a levei até a escada do outro lado da casa funerária para que não pudéssemos ver o túmulo.

— Vamos apenas ficar aqui sentadas até eles terminarem — encorajei.

— Tudo bem — ela concordou e se sentou no cimento frio ao meu lado. — Isso foi horrível, Pagan.

— Sim, foi.

— Você acha que a alma dele ficou por aqui por tempo suficiente para ver?

Eu sabia que não, mas não achava que seria a resposta que ela queria ouvir.

— Não sei. Pode ser. Acho que tudo é possível.

Ela assentiu e torceu o lenço nas mãos. Olhei para o cemitério e notei algumas almas perdidas pairando sobre os túmulos. Esses eram os que tinham visto seu próprio funeral. Eles não queriam partir. Eu estava feliz por Wyatt não ter resistido. Era mais fácil saber que ele teria outra vida em breve.

— Por que você está brava com Dank?

A pergunta de Miranda me surpreendeu. Não pensei que ela tivesse notado meu afastamento de Dank nos últimos dois dias. Ela havia passado a maior parte do tempo chorando e dormindo.

— Eu nunca disse que estava com raiva do Dank — respondi.

— Mas você está. Você nem precisa dizer.

Suspirando, descansei meu queixo na palma das mãos e me inclinei para a frente, pressionando os cotovelos contra os joelhos.

— Apenas um pequeno drama de relacionamento. Não é algo que valha a pena falar agora.

Miranda fez que sim e pegou minha mão.

— Eu te amo, Pagan — declarou ela, com a voz rouca.

— Eu também te amo.

Dank

Pagan e Miranda estavam sentadas encostadas uma na outra e de mãos dadas, enquanto olhavam fixamente para o cemitério diante delas. Fiquei ao lado, escondido da vista de Pagan, e as observei. Eu sabia que ela não me queria ali naquele dia. O pensamento me dava dificuldade para agir. Ela passou a mão pelos cachos de Miranda em um gesto reconfortante que eu já tinha visto mães usarem com os filhos. Por mais que eu quisesse falar com ela, explicar, eu sabia agora que isso era o que ela precisava fazer. Confortar Miranda ajudava no próprio luto de Pagan. Ambas haviam perdido alguém especial em suas vidas. Wyatt pode ter sido a alma ligada à de Miranda, portanto, sua dor era mais intensa, mas a alma de Pagan era parente de Wyatt. Essa era a primeira vida de Pagan e a alma de Wyatt havia se ligado à dela.

Miranda deitou a cabeça no colo de Pagan, que estendeu a mão e enxugou uma lágrima dos olhos dela. Eu queria fazer isso por ela. Eu queria confortá-la do jeito que ela confortava a amiga, mas eu não conseguia. Era difícil demais.

Um movimento no canto da minha visão me chamou a atenção e eu me virei para ver um cara caminhando em direção às garotas. Ele era alto, com longos cabelos loiros presos em um rabo de cavalo. O terno escuro significava que ele tinha estado no funeral, mas eu não reconhecia esse garoto da escola. Pagan o havia notado e Miranda estava agora sentada mais ereta. Ambas se levantaram para cumprimentá-lo. Observei-o abraçar Miranda com força e ela chorar baixinho nos braços dele, enquanto ele falava com ela. Estava lhe garantindo que Wyatt cuidaria dela de onde ele estivesse. E até disse: "A gente sabe que ele não pode ficar longe de você por muito tempo. Então sempre vai estar perto de você, te protegendo".

Então, Miranda deu um passo atrás, e ele voltou seu olhar para Pagan. O brilho translúcido que se entrelaçava conectando as almas gêmeas lentamente envolveu Pagan e o garoto. Paralisado no lugar, eu vi com horror Pagan dar um passo e ser envolvida pelos braços dele, e ele a abraçar com ainda mais força do que tinha abraçado Miranda. Com mais familiaridade. Ela já estivera nos braços dele antes. Quando Pagan se afastou, ele parecia relutante em soltá-la. Minhas pernas começaram a se mover. Isso não ia acontecer. A alma dele poderia muito bem encontrar alguma outra alma para se conectar. Pagan era minha. Eu já tinha um maldito espírito vodu querendo-a; não precisava de uma maldita alma humana fazendo a mesma coisa.

Os olhos de Pagan se levantaram e encontraram os meus. Instantaneamente, ela recuou, colocando distância entre ela e o garoto. Eu sabia que o azul nos meus olhos tinha passado da cor humana normal para os orbes de brilho sobrenatural que se manifestavam quando eu sentia emoção. Eu não conseguia controlar essa luz quando não conseguia controlar minha fúria.

O garoto finalmente desviou o olhar de Pagan e virou a cabeça para ver o que havia chamado a atenção dela. Um pequeno franzido apareceu em seu rosto até que ele notou os meus olhos. Então, o medo que todos os humanos sentem quando encontram o olhar da Morte tomou sua face. *Isso mesmo, amigo, eu sou a Morte, então afaste-se da minha garota.* Eu não disse uma única palavra. Em vez disso, subi os degraus, passei pelo garoto e parei na frente de Pagan.

Ela engoliu em seco, nervosa, enquanto me encarava. Então seu olhar se voltou para o garoto que nos observava.

— Hum, Jay, este é Dank Walker, meu namorado.

Eu queria cair de joelhos e implorar seu perdão. Ouvi-la ainda me reivindicar como sendo dela fazia uma onda de alívio se derramar pela minha forma fria. Estendi a mão para pegar a dela, apertei-a e seu polegar acariciou suavemente a lateral da minha. Essa era toda a garantia de que eu precisava. A alma atrás de mim, obviamente a alma destinada a ser sua companheira aqui na Terra, não significava nada enquanto Pagan me quisesse.

— Dank — disse ela, me lançando um olhar discreto —, este é Jay Potts. Ele é um, uh, amigo meu. Ele se formou no ano passado e se mudou para fazer faculdade. Ele e Wyatt eram muito próximos.

Jay Potts não era apenas amigo dela. Ele tinha sido seu namorado desde antes do ensino médio até o ano anterior. Eu sabia que ela estava preocupada em não me aborrecer, e eu não podia culpá-la, já que tinha ido até ali com olhos faiscantes e um rosnado. Virei a cabeça e olhei de volta para ele. Não havia como evitar, eu nunca gostaria desse cara.

— É um prazer conhecer você, Jay — consegui dizer com uma voz calma e uniforme.

Uma pequena risada veio de Miranda, e senti o corpo de Pagan aliviar um pouco. Isso era divertido para Miranda, e agora Pagan aguentaria qualquer coisa que colocasse um sorriso no rosto da amiga.

— Ah, sim, igualmente. — Ele me observou por um minuto. Meus olhos não estavam mais brilhando, então ele provavelmente estava tentando decidir se tinha imaginado aquilo. Seu cérebro humano o convenceria de que tinha sido o sol ou alguma outra história inventada para fazer sentido. Então algo iluminou seus olhos. — Espere, Dank Walker? Você não é o vocalista da Alma Fria?

A empolgação e a admiração na voz de Jay fizeram Pagan se acalmar completamente, e ela se aproximou um pouco mais de mim. Eu não queria falar com esse cara. Eu queria envolvê-la nos meus braços e implorar que ela ouvisse, que perdoasse o que eu era, mas ela queria que aquele encontro se saísse bem. Eu podia ler em suas emoções.

— Sim, eu sou — respondi, mas, por mais que eu a amasse, não consegui nem forçar um sorriso para ele.

— Nossa, cara, não acredito. Puxa! — Ele começou a remexer no bolso e tirou a carteira.

Um canhoto de ingresso antigo de um dos shows da Alma Fria e uma caneta foram colocados na frente do meu rosto.

— Você poderia autografar? Eu sou um grande fã. Meus colegas da ATO nunca vão acreditar nisso. Vai me poupar da limpeza por, pelo menos, uma semana.

Antes que eu pudesse começar a entender o que ele tinha acabado de dizer, Pagan respondeu:

— Ah, parabéns, Jay. Não sabia que você tinha entrado na Alpha Tau Omega. Fantástico. Eu sei que esse era o seu objetivo principal quando você foi aceito na Universidade do Texas.

Ele era membro de uma fraternidade. Eu sabia o que isso era. Havia passado por mais festas de fraternidades do que gostaria de me lembrar, devido à estupidez dos bêbados.

Jay abriu um grande sorriso para Pagan.

— Sim, foi difícil, mas eu sobrevivi.

Ele ainda estava lá com sua caneta e ingresso de show invadindo meu espaço pessoal.

Pagan apertou minha mão e a soltou. Ela queria que eu fizesse isso. Ok, tudo bem. Eu faria por ela, mas faria do meu jeito.

Peguei o ingresso e a caneta e escrevi um pequeno recado. Em seguida, rabisquei a assinatura que eu tinha adotado quando comecei a Alma Fria. Devolvi o papel para ele, peguei a mão da Pagan novamente e a trouxe aos lábios.

— Estou com saudades — sussurrei, e as lágrimas brotaram dos seus olhos.

Beijei sua mão. Em seguida, abaixei-a e a soltei. Eu tinha um lugar para ir. Nada interferiria entre nós outra vez. Estava cansado de esperar que Leif desse o próximo passo. Daquele dia não passava.

Eu me afastei dela, acenei com a cabeça em despedida e deixei os três lá. Não me preocupei em deixar Jay com Pagan desta vez. Eu tinha certeza de que ele entenderia a mensagem quando lesse o ingresso. Afinal, quando um cara lê aquela mensagem, ele sabe que, se não estiver pronto para uma luta que não pode vencer, é melhor dar o fora.

Ela é minha.
Esse é o seu único aviso

Dank Walker

CAPÍTULO 13

Pagan

Hoje era o Dia dos Namorados. E eu sabia que não seria capaz de abandonar Miranda para ir a um encontro com Dank. Wyatt tinha planejado uma noite romântica, e ele a estivera provocando com recadinhos há semanas, deixando dicas sobre o que eles iam fazer. Entrei no quarto da Miranda, e ela havia tirado todos os recados do espelho e os colocado na cama em um círculo ao seu redor. O urso que ele tinha dado a ela no ano anterior estava em seu colo, e o colar para o qual ele tinha economizado por tanto tempo estava em sua mão. Ela esfregava o diamante enquanto olhava para os recados à sua frente.

Quando fechei a porta atrás de mim, ela levantou a cabeça bruscamente e um pequeno sorriso tocou seus lábios.

— Ei, eu não esperava você aqui hoje, dentre todos os dias. Você não tem um encontro?

Balancei a cabeça e me aproximei para me sentar no canto da cama, com cuidado para não tirar do lugar nem sentar em um daqueles pedacinhos de papel que agora eram um tesouro.

— Não, hoje vou ficar aqui com você. Dank pode esperar. Acho que agora você precisa de mim mais do que ele.

O sorriso de Miranda vacilou, e ela apertou o urso no colo com mais força.

— Eu reli todas essas pistas um milhão de vezes e não consigo descobrir. Ele estava planejando isso há meses. Você pensaria... — Sua voz falhou e ela respirou fundo. — Você pensaria que eu teria conseguido descobrir a surpresa a essa altura, mas Wyatt era muito bom em guardar segredos. Ele não queria que eu descobrisse. Queria me surpreender.

Ela estava certa, é claro. Wyatt adorava provocá-la. Ele a provocava mesmo quando éramos crianças. Eu sempre tinha sido aquela que acompanhava e fazia as coisas divertidas e perigosas, e Miranda parecia uma bonequinha, toda vestida de rosa, nos olhando com desaprovação. Ele já estava apaixonado por ela naquela época. Ela era algo que ele não entendia, mas, mesmo quando criança, ele queria tocá-la. Ele a tratava como uma princesa fada. Algo frágil e precioso. Eu sempre tinha revirado os olhos com nojo, mas lembrar deles assim me fazia sorrir.

— Eu vou ficar bem, Pagan. Você passou todos os dias comigo desde... — Ela parou e tocou a imagem que estava à direita de sua cama. Era Wyatt em seu uniforme de basquete com um sorriso gigante, segurando seu troféu de Jogador Mais Valioso do campeonato estadual do ano anterior. — Vá passear com Dank. Divirta-se. Por mim.

Eu não poderia me divertir com Dank sabendo que minha melhor amiga estava em posição fetal em sua cama, com os bilhetes do namorado morto em torno dela, enquanto chorava sozinha. Eu precisava tirá-la daquele quarto.

— Tenho uma ideia melhor. Dank está ocupado esta noite. Eu o liberei dos nossos planos, e ele decidiu que iria pegar o show da Alma Fria em Atlanta esta noite. Ele tinha falado para eles que não poderia ir, mas agora já está a caminho.

Ok, eu estava mentindo, mas ela nunca saberia disso.

— Então você e eu vamos fazer cookies de chocolate e depois assistir à primeira temporada inteira de *The Vampire Diaries*. — Eu não era fã de *The Vampire Diaries*, mas Miranda era viciada. Ela tinha todas as temporadas em DVD e no iTunes e poderia assistir onde quer que estivesse. Como eu disse, ela era viciada.

Miranda apoiou o queixo na cabeça do urso e olhou para mim através dos seus longos cílios, que se curvavam perfeitamente sem qualquer ajuda.

— Ok. Eu posso fazer isso — respondeu ela.

— Claro que você pode. Agora levante-se daí e vamos invadir a despensa da sua mãe em busca de pedacinhos de chocolate. Talvez ela tenha daquelas gotas de manteiga de amendoim. Podemos fazer cookies de manteiga de amendoim também.

Miranda sentou o urso e colocou o colar amorosamente na mesa ao lado da foto de Wyatt. Em seguida, recolheu cuidadosamente cada bilhete espalhado na cama, contou-os para que não perdesse nenhum e colocou-os ao lado do colar. Assim que terminou, ela se virou para mim.

— Vamos fazer uns cookies. Eu não como há dias.

Dank

O cheiro de mofo, terra e maldade encontrou meu nariz quando entrei na velha cabana de madeira. O exterior podre da casa tornava difícil acreditar que ela não tinha desabado por causa de algo tão simples como uma tempestade. As paredes internas não eram muito melhores, pelo que eu podia ver. A maior parte delas eram cobertas de prateleiras cheias de potes com ingredientes para feitiços e misturas ridículas para curar corpos, infligir doenças, remover memórias e inúmeros outros propósitos. As pessoas corajosas o suficiente para se aventurar naquela parte do pântano e passar por aquela porta eram as mais desesperadas por uma resposta. A maioria que conhecia o verdadeiro poder do vodu ficava longe. Não era um mal com que os humanos precisassem se envolver. O vodu poderia possuir você e roubar sua alma, se você permitisse.

A velha que eu tinha vindo ver estava sentada perto da pequena lareira de carvão e coberta com um cobertor de crochê. A antiga cadeira de balanço frágil parou de se mover assim que entrei na sala. Ela me sentiu. Mesmo quem vivia uma vida controlada pela união profana do vodu sabia quando a Morte estava próxima. Ela me esperava e sabia que eu não demoraria, mas ainda não era a hora dela. Eu voltaria para ela quando fosse o momento, e sua alma estava destinada ao Inferno eterno — disso eu tinha certeza. Um médico vodu nunca tinha outra vida. Bastava vender a alma e era o fim. Não tinha volta. A caneca de latão em suas mãos foi colocada ao lado dela em uma pequena mesa feita à mão. Eu podia ver o tremor dos seus braços enquanto ela cuidadosamente colocava sua xícara na mesa.

— Ora, os arrepios me dizem que você está aqui. Vou pagar o preço das minhas escolhas. — A voz da velha tremeu quando ela se dirigiu a mim. Eu apareci na frente dela, encostado na fornalha quente de carvão.

— Ah, ainda não estou aqui por causa da sua alma — falei, arrastando as palavras de um jeito parecido com o dela e que ela entenderia facilmente.

Ela olhou para mim, franzindo a testa, o branco dos seus olhos destacando-se contra o tom escuro da sua pele.

— Você acha que eu sou o quê? Louca?

Rindo, balancei a cabeça negativamente.

— Coloca isso na cabeça: ainda não estou aqui pra levar sua alma. Mas não vou ir embora antes de conseguir o que vim buscar.

— O que é? Você não quer nenhum *gris gris*. Disso eu sei.

Confirmei.

— Não é *gris gris*; não é por isso que estou aqui.

Ela mudou de posição na cadeira e tentou, sem sucesso, sentar-se mais ereta. Suas costas arqueavam tanto para a frente que impossibilitavam sua tentativa.

— Então me fala o que você quer e encerra esse assunto.

Não, tenho certeza de que ela não gostava que eu estivesse em sua casa. Eu era o fim da vida dela. A única vida que ela teria, mas eu não estava ali para apaziguar o medo de uma velha. Estava ali para descobrir o que exatamente ela tinha feito com a Pagan.

— Me conta sobre o *gris gris* que salvou a vida daquela menina.

A velha começou a sacudir a cabeça com uma expressão de horror nos olhos.

— Não, não posso fazer isso. O espírito que salvou aquela menina, ele é mau, muito mau.

— Eu sei que Guedê a salvou. Não estou perguntando isso. O que precisa ser feito para acabar com a maldição de *gris gris* na alma dela?

Suas mãos nodosas mexeram nervosamente com a manta no seu colo. Guedê era o espírito vodu senhor dos mortos, o pai de Leif. Na religião, ele era o fim de tudo. Mesmo que eu estivesse diante dela, ela não se defrontaria comigo por toda a eternidade. Eu simplesmente removeria sua alma. Guedê é que seria o senhor dela enquanto ela enfrentasse sua eternidade.

— Tudo o que Guedê faz tem um custo. Aquela mamãe sabia o que estava fazendo quando me pediu para salvar a bebê.

— Então me fala o que você pode fazer para mudar isso — insisti, já cansado de ela se esquivar da minha pergunta.

Com um suspiro profundo, a mulher ergueu os olhos vidrados para encontrar os meus.

— Uma alma por uma alma, esse é o preço. Nada menos do que isso vai ser suficiente. Talvez custe mais. Guedê quer aquela menina.

Ao sair da casa em ruínas, respirei fundo. Embora não estivesse exatamente fresco, era melhor do que o cheiro úmido dentro da casa da médica vodu. Enojado, olhei para trás por cima do ombro mais uma vez antes de sair para convencer Pagan de que ela precisava confrontar a única pessoa que eu sabia que precisava entender as consequências de suas escolhas. Antes que Guedê decidisse que era hora de começar a exigir atenção.

CAPÍTULO 14

Pagan

Miranda pegou no sono depois do quarto episódio. Eu não poderia dizer que não estava aliviada. Se tivesse que assistir a mais uma cena de Stephan e Elena, eu ia gritar. A angústia era um pouco demais para mim no momento. Desliguei a televisão, puxei um cobertor dos que a mãe de Miranda mantinha enrolados embaixo do *home theater* e o espalhei sobre sua forma adormecida. Tínhamos deixado uma bagunça na cozinha e, embora eu tivesse certeza de que sua mãe ficaria emocionada que Miranda fez cookies e, de fato, comeu alguns, eu não queria deixar a bagunça para ela limpar.

Peguei o prato grande com os cookies restantes e os dois copos de leite, e fui para a cozinha. Assim que passei pela porta, vi Leif sentado com os cotovelos apoiados na mesa e o olhar fixo em mim. Quase gritei e deixei cair tudo que estava segurando. Consegui engolir o grito assustado e evitar uma bagunça ainda maior na cozinha.

— O que você está fazendo aqui? — perguntei, tentando manter a calma enquanto ia até a pia e colocava os copos na água com sabão e, em seguida, o prato de cookies no balcão.

— Esperando Miranda dormir pra te ver. É Dia dos Namorados, você sabe. Esperei anos para passá-lo com você, e você realmente se lembrar disso. Esse deveria ser o meu ano. Você estaria comigo eternamente agora, se a Morte não tivesse perdido a cabeça assim que deu uma olhada em você.

Apoiei a mão na cintura e olhei para ele. Eu não estava com disposição para isso. Não agora. Especialmente não nesta semana.

— Ouça, Leif, você sabe o que passei esta semana. Você não pode respeitar e simplesmente recuar? — explodi.

Ternura brilhou em seus olhos e ele baixou o olhar para as mãos ainda apoiadas na mesa à sua frente.

— Lamento por sua perda, Pagan, mas, se Dankmar não tivesse ferrado com o destino, você nunca teria experimentado a dor de perder o Wyatt. Vocês dois deveriam ter sido as tragédias que atingiriam nossa pequena cidade neste ano letivo.

Minha mente voltou-se instantaneamente para Miranda. Ela teria perdido nós dois. Deus, isso a teria destruído completamente. Ela teria desmoronado, mas Dank tinha impedido. Ele podia não ter sido capaz de impedir o destino de Wyatt, mas ele mudara o meu. Eu estava aqui para ajudar Miranda a se curar, e ela ficaria bem. Ele ia conseguir superar.

— Bem, então, é uma coisa boa Dank ter decidido que valia a pena me salvar. Miranda nunca poderia ter lidado com a perda de nós dois com apenas alguns meses de diferença.

Leif suspirou e se recostou na cadeira, deixando as mãos caírem sobre o colo.

— Você sempre pensa nos outros primeiro, Pagan?

Sua pergunta me surpreendeu. Claro que não. Só uma pessoa altruísta pensava nos outros primeiro, e eu não era altruísta. Quando eu queria alguma coisa, ia atrás e acabava com quem estivesse no meu caminho.

— Eu só coloco aqueles que amo em primeiro lugar, mas o mesmo acontece com a maioria das pessoas.

Leif balançou a cabeça.

— Não, elas não fazem isso. A maioria dos humanos se coloca antes mesmo daqueles que mais ama. É a natureza deles.

A conversa estava saindo dos eixos. Queria que Leif fosse embora para que eu pudesse limpar a cozinha e ir para a cama.

— Basta falar o que veio dizer e ir embora, por favor. Não quero conversar com você.

— Eu disse que queria passar o Dia dos Namorados com você este ano. Eu até trouxe presentes. — Ele abriu seu sorriso torto e, do nada, tirou uma dúzia de rosas pretas e vermelhas junto com uma boneca de vodu de verdade, com um colar de prata em seu pescocinho. O pingente pendurado era um corte de rubi em forma de lua.

Levantei os olhos para encará-lo, sem saber o que pensar do *presente*.

— Você me trouxe uma boneca vodu e rosas pretas? — perguntei, incrédula.

Leif riu e se recostou na cadeira.

— Achei que ia te fazer rir. O colar é seu presente real. E as rosas também. Acontece que gosto de rosas pretas; elas me lembram do meu lar.

Recuando um pouco até que todo o balcão estivesse entre mim e aqueles presentes assustadores muito estranhos, eu o observei atentamente. Não queria que ele chegasse perto de mim com aquele colar. Eu sabia que o vodu adorava talismãs e, se fosse um talismã, eu não o queria perto de mim. Nenhum espírito ia me possuir.

O sorriso divertido de Leif se transformou em uma cara fechada.

— Você não acha isso engraçado, não é? — A boneca vodu e as rosas pretas sumiram instantaneamente e apenas uma dúzia de rosas vermelhas e cor-de-rosa permaneceram, junto com o colar que me apavorava.

— Hum, não, é o colar que eu quero que você tire de perto de mim — expliquei, sem desviar os olhos dele, inofensivo na mão de Leif.

— Colar? Você está com medo do colar? Por quê?

— Porque não quero ser possuída por um espírito maligno — falei, brava, recuando mais um pouco.

Será que, se eu gritasse pela Gee, ela me ouviria? Mas então eu arriscaria acordar Miranda, e isso não era algo que ela precisava testemunhar.

A compreensão surgiu e Leif mais uma vez riu. Não era engraçado. Por que ele parecia achar tanta graça das coisas o tempo todo?

— Você acha que este colar é um talismã?

— Acho. Não sou idiota, Leif. Eu ando com a Morte, você sabe.

Leif suspirou e colocou o colar na mesa.

— Eu nunca te machucaria. Já disse isso, mas você se recusa a acreditar em mim.

Não tirei os olhos dele enquanto ele estava lá espalhando o colar como se fosse uma peça preciosa, o que só me convenceu mais de que estava cheio de todos os tipos de maldades. Assim que ele o colocou na mesa ao seu gosto, ergueu os olhos para mim.

— Sabe, Pagan, o medo pode se transformar em amor.

Encarei o colar sobre a mesa sem saber o que fazer com aquilo. Caramba, eu estava até com medo de tocar nas rosas que ele havia deixado. Será que pegá-las e jogá-las fora seria perigoso? Talvez eu devesse deixá-las ali e ir encontrar Gee, ou, melhor ainda, Dank.

Fui até a porta e olhei para a sala de estar. Miranda ainda estava dormindo. Bom. Eu tinha tempo para fazer algo sobre esses *presentes*, que realmente tinham que estar fora da casa antes que ela acordasse.

Dank

Sua voz me assustou no momento em que ela gritou meu nome. Eu estava do lado de fora da casa, me preparando para o confronto que teria logo mais com a mãe dela, quando sua voz me alcançou.

Ela estava na casa de Miranda, na varanda dos fundos, quando a encontrei. Uma exclamação de surpresa escapou dela e, então, ela sorriu com um suspiro, depois de parecer estar prendendo a respiração.

— Nossa, essa foi rápida. Graças a Deus — disse ela, apressada, correu até mim e passou os braços em volta do meu pescoço.

Até então, tudo bem. Eu teria chegado muito mais cedo naquela noite se achasse que esse seria o tipo de recepção que eu teria. Puxando-a com mais força contra o meu peito, inalei o cheiro do seu shampoo e beijei sua têmpora.

— Mmmm, isso é gostoso — murmurei na sua cabeça. Ela suspirou nos meus braços e se afastou o suficiente para ver meu rosto.

— Acho que, a partir daqui, tudo vai ladeira abaixo — explicou ela.

Não era o que eu queria ouvir. Estava esperando que o passo seguinte fosse ela me pedir para beijá-la e, então, talvez, levá-la para casa, para que eu pudesse me aconchegar na cama com ela.

— Leif esteve aqui — Pagan começou, e eu fiquei tenso, arrancando meu foco completo dela para que meus sentidos explorassem a área em busca de espíritos. Porém, não senti nada, exceto um pequeno ponto gélido em algum lugar próximo. Não era forte o suficiente para ser um espírito real, mas também não era bom. Segurando Pagan mais perto de mim, busquei mais longe pela presença indesejada e percebi que estava dentro da casa.

— Quem está aí dentro? — perguntei, colocando Pagan atrás de mim e indo para a porta dos fundos.

— O quê? Não, ele se foi. Miranda está lá dormindo.

Pagan correu para me acompanhar, mas, com a menção de Miranda estar sozinha, diminuí a distância mais rápido do que um humano conseguiria fazer e abri a porta, para encontrar a essência sombria latejante pousada na mesa da cozinha na forma de uma lua. A pedra vermelha quase tinha pulsação, de tão forte que era o mal dentro dela. Rosas vermelhas e cor-de-rosa estavam ao lado, e eu encarei os itens, tentando descobrir o que é que eu estava vendo.

— Foi para isso que te chamei. — Pagan bufou depois de finalmente conseguir entrar.

— O colar? — perguntei.

— É. Leif deixou aí e estou com medo de tocá-lo.

Meus olhos se voltaram para as rosas. Será que Leif também as havia trazido?

— Não é um colar, contém parte de um espírito vodu. Não o ser inteiro, apenas o suficiente para que, quando você estiver perto desse espírito, sinta apego a ele.

Ouvi o silvo de sua respiração quando Pagan inalou bruscamente.

— Eu sabia que era algo assim — murmurou ela, com raiva.

Lá estava a minha garota e sua coragem. O príncipe vodu a havia irritado. Se eu não estivesse tão chateado com aquelas malditas rosas, daria risada.

— De onde vieram as rosas?

— Do Leif, por quê? Elas também estão cheias dessa merda do mal?

Então Leif tinha trazido as rosas para ela. Espere. Havia algo que eu deveria me lembrar a respeito desse dia. As caixas de chocolate em forma de coração que eu tinha visto em todos os lugares enquanto tomava almas.

Era Dia dos Namorados. E eu tinha esquecido.

Bem, diabos.

— Não, são apenas rosas. — Eu não complementei dizendo que eram lindas rosas. O tipo que só a magia poderia produzir. Essas provavelmente nunca morreriam, seriam eternamente lindas, se ela as colocasse em um vaso em seu quarto. E então eu poderia me lembrar do namorado incrivelmente ruim que eu era cada vez que as visse. Por que um espírito vodu era melhor nisso do que eu?

— Mesmo assim, eu não as quero. Posso queimá-las?

Meu coração não pareceu mais tão pesado ao ouvir seu desgosto. Estalei os dedos e as rosas pegaram fogo.

— Dank! O que você está fazendo? Vai queimar a casa ou pelo menos a mesa!

Pagan correu até a pia e eu olhei para trás para vê-la enchendo uma jarra de água. A garota maluca não achava que eu protegeria a mesa? Estalei os dedos para causar efeito e o fogo se apagou sem deixar nada para trás. Nem mesmo uma pequena pilha de cinzas.

A água foi desligada atrás de mim, e ouvi Pagan soltar uma pequena risada.

— Acho que vi fogo e não pensei direito nas coisas.

— Foi fofo — respondi, e ela corou adoravelmente.

— E quanto ao colar? — ela perguntou, seu olhar cintilando na direção da pedra do mal sobre a mesa.

— Posso me livrar disso com a mesma facilidade se você prometer não correr até a torneira para pegar uma jarra d'água dessa vez — brinquei.

Pagan riu e acenou com a cabeça.

— Acho que posso me conter.

Eu nem me incomodei em estalar os dedos dessa vez. Em vez disso, olhei para ela enquanto as chamas irrompiam e, em segundos, não restava nada.

Quando já não havia mais nada de Leif para trás, voltei a atenção para Pagan.

— Desculpa ter perdido o Dia dos Namorados.

Ela sorriu para mim.

— Tudo bem. Passei a maior parte do dia com a Miranda. Nós comemos cookies e vimos *The Vampire Diaries*.

Coloquei uma mecha do seu cabelo atrás da orelha e lembrei que tinha uma coisa para ela. Estava esperando o momento perfeito para mostrar e não conseguia pensar em um melhor do que esse.

— Vamos comigo lá fora, tenho uma coisa para você — sussurrei, antes de me abaixar e dar um beijo casto em seus lábios.

— Tudo bem. — Sua voz era suave e fina. Eu gostava de saber que ainda a afetava, mesmo depois de tudo que a tinha feito passar.

Segurando sua mão, levei-a para fora e desci as escadas da varanda dos fundos, até chegarmos ao jardim de flores no canto mais distante do quintal de Miranda. Balancei a cabeça, indicando um dos bancos de pedra ornamentados que ladeavam o jardim e, então, coloquei a mão atrás das costas, sorrindo. A textura lisa e nítida do papel de embrulho que eu havia escolhido encheu minhas mãos, e eu o puxei, observando como os olhos de Pagan se iluminaram ao ver o pacote azul pálido iridescente.

— Belo truque — ela brincou, sorrindo para mim.

Ajoelhei-me na frente dela e coloquei a caixa nas suas mãos.

— Sim, bem, eu sou bom para alguns shows de aberrações de vez em quando.

Ela mordeu o lábio inferior ansiosamente e esticou a mão.

— Quase odeio estragar o papel. É lindo.

— Vou te comprar um rolo inteiro, Pagan. É só abrir.

Ela assentiu e rasgou a lateral. O papel foi esquecido quando caiu no chão. Com a caixa de cetim branco em seu colo, ela foi abrindo lentamente a tampa. Eu não tinha certeza se ela se lembraria exatamente do que era, mas pensei em esperar para ver se ela desvendava sozinha.

Pagan tirou o pequeno broche de ouro da caixa. O lampejo de emoção em seu rosto me disse que ela estava navegando pelas memórias que acompanhavam o broche em sua mão. Eu o estava guardando há mais de quinze anos. Reverentemente, ela tocou as pedras de cristal rosa que decoravam a filigrana em forma de coração.

— Foi minha avó quem me deu. Eu estava doente no hospital e ela veio ficar com a mamãe no hotel próximo. Elas se revezaram para ficar comigo. Então a vovó teve que voltar porque estava com um problema de coração, e o médico queria que ela ficasse em casa, em observação. No dia em que foi embora, ela me trouxe este broche. Ela chorou muito quando me disse para segurá-lo perto do meu coração para sempre, porque então eu sempre saberia que ela me amava.

Pagan ergueu seu olhar admirado para encontrar o meu.

— Então quando... quando... — Ela parou, balançando a cabeça em frustração. A memória estava lá. Eu sabia que estava e queria que ela se lembrasse sem a minha ajuda. Era uma memória que eu havia esperado pacientemente que ela resgatasse desde que ela havia descoberto quem exatamente eu era.

Seus olhos verdes expressivos exibiam muitas emoções diferentes. Por fim, ela abriu a boca e sussurrou:

— Meu Deus!

E eu soube que ela se lembrava.

— Então *você*, Dank, VOCÊ veio falar comigo. Para me dizer que eu morreria, mas teria outra vida. Meu corpo estava doente. Que, quando você voltasse, eu deveria ir para onde você me mandaria e, então, eu ia voltar. Ai, meu Deus... — Pagan parou e respirou fundo. — Eu te dei este broche. Eu disse que queria levá-lo comigo. Você disse que poderia fazer isso por mim, e o guardou no bolso... mas...

— Mas você nunca mais me viu, porque sua alma foi apagada dos registros. A única razão pela qual eu me lembrei de você foi por causa deste broche. Eu sabia que havia uma alma que tinha sido poupada. Às vezes, isso acontece. É raro, mas às vezes o Criador muda de ideia. Achei que isso tivesse acontecido com você. Então, guardei o broche que me foi dado por uma garotinha que queria levar algo desta vida para a próxima. Achei que, assim que seu nome aparecesse nos livros novamente, eu me certificaria de que recebesse seu broche, como tinha me pedido, mas seu nome apareceu muito antes do que eu esperava. Isso me intrigou. Eu não conseguia entender por que o Criador iria impedir sua morte como criança para levá-la apenas alguns anos mais tarde, às vésperas da idade adulta. Então, eu vim para vigiar você. Para ver o que havia de tão único nessa alma, para saber por que ela quebrava todos os moldes aos quais eu havia me acostumado ao longo da minha existência.

Um pequeno soluço escapou da boca de Pagan, e ela cobriu a boca com a mão. Eu não queria fazê-la chorar.

Eu só queria dar a ela algo que ela já havia amado muito.

— Oh, Dank! — exclamou Pagan, jogando-se nos meus braços. — Não acredito que não lembrei de você.

Ela estava chorando porque havia esquecido que conhecera a Morte quando criança?

Fiquei sem palavras, segurando-a nos meus braços. Como eu poderia consolá-la de algo assim?

— Esse é o mais precioso perfeito presente que alguém já recebeu. Você me devolveu uma memória que vou guardar para sempre. Você me deu algo da minha avó que eu não sabia que tinha. E o guardou e o trouxe de volta para mim. O presente me deu você.

Senti meus olhos molhados e pisquei, confuso com a sensação estranha. Um pequeno fio d'água escorreu pela minha bochecha. Olhei para a escuridão enquanto abraçava Pagan, atônito. A morte acabava de derramar uma lágrima.

CAPÍTULO 15

Pagan

A pequena margarida amarela que eu tinha despetalado do buquê que minha mãe ganhou do namorado parecia meio patética sem todas as suas pétalas. Girei a haste entre meus dedos e fiz uma careta para ela. Flores idiotas. Doce idiota. Coelhinhos de pelúcia idiotas com pelo roxo idiota. Ah, e balões idiotas, muito idiotas, em forma de coração. Tudo era idiota. Joguei a haste que estava na minha mão no riacho atrás da minha casa.

A margarida danificada flutuou por um momento, enquanto o fluxo rápido a levava, até que a vi afundar lentamente no leito lamacento e raso. Bem feito por ser idiota, pensei e ri sem humor. Cruzei os braços agora vazios e olhei para a água corrente. Eu não tinha mais nada para fazer. Então, eu apenas ficaria aqui e contaria todas as coisas idiotas do dia de hoje.

— Não está tendo um bom dia? — uma voz familiar perguntou atrás de mim.

Me virei e vi um garoto loiro com olhos azuis amigáveis sorrindo para mim. Ele parecia alguém que eu deveria conhecer, mas eu não conseguia determinar onde o tinha visto antes. Talvez ele tivesse jogado em um dos outros times de beisebol que nós tínhamos enfrentado este ano. É difícil reconhecer as pessoas quando não estão de boné e uniforme. No campo, todos parecem iguais. Comecei a responder, até que notei o cachorrinho de pelúcia branco e fofo em sua mão. O bichinho tinha um coração vermelho cheio de bombons de chocolate nas patas. Até mesmo esse menino tinha ganhado um presente de Dia dos Namorados idiota. Decidi que não queria falar com ele e me virei para fitar a água. Talvez ele percebesse que eu era sem educação e fosse embora.

— Você tem algo contra bichos de pelúcia e chocolate? — indagou ele, em tom divertido. Eu não achei engraçado. Nem um pouco. Menino idiota com seu presente idiota de Dia dos Namorados. De alguma garota idiota.

— E se eu tiver? — respondi em tom azedo.

— Bem, parece engraçado ter esse tipo de implicância. Quer dizer, há muitas coisas de que a gente não gosta, por exemplo cobras ou aranhas. — Ele estremeceu e me fez revirar os olhos.

— Posso não gostar do que quiser, não posso? É um país livre.

Ele pigarreou de leve e suspeitei de que estivesse encobrindo uma risada. Pensei bem em lhe dar um soco e ver se ele achava engraçado. Afinal, meu gancho de direita era melhor do que o da maioria dos garotos da minha rua. Não, ele não daria risada depois que eu desse uma lição nele.

— Eu acho que pode. Só estou curioso para saber por que você odeia essas coisas. A maioria das garotas gosta.

O fato de que ele não parecesse mais estar achando graça, mas, na verdade, que estivesse confuso foi o que o salvou do meu punho.

— Quer saber por quê? — perguntei, mirando meu olhar zangado nele. — Eu vou te dizer por quê. — Franzi a testa e engoli o nó na minha garganta. Eu odiava que isso estivesse me provocando essa vontade de chorar. Lágrimas idiotas eram coisa de gente fraca.

— Estou ouvindo — insistiu o menino.

— Porque é só disso que todo mundo está falando hoje. Todo mundo exibindo corações de chocolate e ursinhos de pelúcia, até mesmo coelhinhos idiotas, ao caminhar pelos corredores. Havia balões amarrados nas cadeiras com aquelas frases idiotas de "eu te amo". Quer dizer, fala sério, a gente tem nove anos. Ninguém ama ninguém ainda. Pelo menos, não DESSE JEITO. E, para piorar as coisas, o idiota imbecil do Jeff deu à Miranda, minha melhor amiga, um coelho roxo com o velho balão de sempre e uma grande caixa de chocolate. E ela dividiu o chocolate comigo? NÃO! Ela não dividiu. Disse que não seria romântico dividir o chocolate dela de Dia dos Namorados. Então, quando pedi para passar a mão no pelo macio do coelho, ela balançou a cabeça e o abraçou mais, como se eu tivesse uma doença que pudesse transmitir a ele. Não é um absurdo? Hein?

Ridículo, eu sei. Então eu chego em casa e minha mãe tinha ganhado do namorado um grande buquê de flores e uma caixa em forma de coração. Eu tinha certeza de que ganharia um chocolate, MAS NÃO! A caixa já estava vazia. Ela tinha comido tudo. Por que guardar uma caixa vazia e idiota?

Interrompi meu discurso raivoso por tempo suficiente para espiar o garoto através do meu cabelo e ver se ele estava olhando para mim como um bebê chorão. Mas ele tinha aquele sorriso idiota no rosto novamente. Acho que, já que ele tinha ganhado chocolate naquele dia, achava engraçado eu não ter.

Eu me virei, pensando que poderia dar um soco nele ou mandá-lo entrar. Mas ele segurou o cachorrinho, cujo pelo parecia realmente mais macio do que o do coelho roxo que Miranda tinha ganhado do Jeff, e a caixa de chocolates na minha direção. Confusa, levantei meus olhos deles e olhei para o menino.

— São para você. Você pode sentir o pelo o quanto quiser e comer cada um desses chocolates sozinha. Eu trouxe pra você... quer dizer, se você quiser.

— Eu? Mas por que eu? Você nem me conhece — gaguejei, querendo desesperadamente estender a mão e pegar os presentes. Eu realmente queria aquele chocolate.

— É Dia dos Namorados e, bem, estou de olho em você há muito tempo, e você é a única pessoa que quero que seja a minha namorada.

Meus olhos se abriram, e o ouro no broche que estava na minha cabeceira brilhou com os raios de luz da manhã. Lembrei daquele Dia dos Namorados. Eu tinha ficado muito magoada que ninguém me quisesse como namorada. Todas as meninas da escola tinham ganhado alguma coisa de algum menino. Até Wyatt tinha dado um presente para Julie Thursby, mas eu não ganhei nada. Wyatt tinha dito que os meninos não me viam como uma menina porque eu podia correr mais rápido e acertar a bola mais longe do que eles. Mesmo assim isso tinha me chateado.

Leif tinha ficado sabendo e me levado um presente. Eu acabei com a caixa de chocolates antes de ir para a cama naquela noite. Foi um milagre não terem me dado dor de barriga, como minha mãe disse que daria, quando confessei no jantar que tinha me empanturrado de chocolate. Memórias como essa tornavam muito difícil ter medo de Leif. Ele realmente tinha sido bom para mim durante toda a minha vida. Talvez ele não tivesse só defeitos. O fato era que ele queria levar minha alma para o inferno. Talvez não fosse assim que ele enxergasse as coisas, mas era assim que eu as via. E estar perto dele quando ele não estava na forma "humana" me dava calafrios. Eu odiava a sensação que se apoderava de mim quando ele estava perto. Os pelos dos meus braços e pescoço se arrepiavam, e eu imediatamente recuava.

Pensando naquele Dia dos Namorados, me lembrei do cachorrinho. Estava no sótão dentro de alguma caixa. Eu não quis me livrar dele quando descartei todos os meus brinquedos de infância. Nunca consegui me lembrar de onde o tinha ganhado, mas sempre me pareceu especial. Como se eu não devesse me livrar dele. Eu, inclusive, tive dificuldade de colocá-lo no sótão. Agora, a ideia de que havia um presente de um espírito vodu na minha casa era inquietante. Eu precisava tirar isso daqui. Claro que eu tinha dormido com ele por anos, mas isso tinha sido antes. Agora a história era outra. Eu queria aquilo longe de mim.

Sentei na cama e decidi que precisaria esperar para ver se Gee ou Dank apareceriam hoje. Eu não havia contado para ele que pretendia voltar para casa na noite anterior porque, sinceramente, eu não pretendia. Ele pensou que eu ficaria com Miranda de novo e disse que ele e Gee se revezariam para cuidar da casa. Eu tinha saído, esperando que Gee aparecesse do nada, mas ela não apareceu. Então eu tinha ido para a cama e pegado no sono.

A porta do meu quarto se abriu e Gee entrou de fininho.

— Então o lance é este: estou do lado de fora da casa da Miranda, sem prestar atenção em nada a noite toda porque estou completamente entediada. Então eu finalmente percebo que não sinto você lá dentro. Aí eu faço uma verificação rápida e adivinha? Nada de Pagan.

Ela desviou o olhar na minha direção enquanto se jogava na poltrona do canto e cruzava as pernas.

— Então, eu vim aqui para dar uma olhada e, quem diria, eis que você está aqui. Perdi uma noite inteira no quintal da Miranda, quando poderia estar comendo a comida da sua cozinha e assistindo ao fodástico Chuck Bass na televisão. — Ela sorriu do próprio comentário.

Revirei os olhos, me levantei e fui até o armário para pegar um suéter. Se Gee estava aqui, poderíamos tirar aquele cachorrinho de pelúcia do meu sótão.

— Aonde você está indo? Eu acabei de chegar — Gee resmungou.

— Vamos para o sótão. Tenho um cachorrinho de pelúcia que Leif me deu e preciso me livrar dele.

— O quê?

— Só venha comigo, Gee. Eu te explico enquanto procuramos.

Dank

— Dankmar, preciso falar com você.

Parei do lado de fora da casa de Pagan e me virei para encontrar Jaslyn. A ansiedade no rosto dela era alarmante. Os transportadores normalmente não tinham problemas reais. Gee era uma exceção porque ela tinha feito amizade com uma humana. Jaslyn era uma transportadora típica. Seu único propósito era lidar com almas.

— O que foi, Jaslyn? Não tenho muito tempo.

— Eu sei disso, mas o senhor precisa ouvir o que eu tenho a dizer ou hum... explicar, na verdade. — Ela olhou nervosa para a casa. — Tem a ver com a sua hum... a alma que você... é...

— Tem a ver com Pagan, a garota que eu amo — concluí por ela. Ela não tinha certeza da terminologia, já que nunca havia sentido emoções.

— Sim, Pagan. O senhor sabe... — A torção nervosa de suas mãos estava começando a me incomodar.

— Fale, Jaslyn. Se é algo relacionado à Pagan, preciso saber agora.

Balançando a cabeça rapidamente como uma criança desobediente que acaba de ser repreendida, ela olhou para o chão.

— Veja, senhor, o menino cuja alma eu transportei. Aquele que Pagan conhecia. Ele, uh, ele não deveria morrer. Aquele não era o destino dele. Não fui muito longe antes da alma dele ter sido tirada de mim...

— *O QUE* você quer dizer com ele não deveria morrer? O corpo dele não era mais utilizável. Eu fui *atraído* para lá. A alma mal estava presa ao corpo, esperando minha chegada. E você quer me dizer que PERDEU a alma dele? — Não pude evitar o rugido que saiu do meu corpo. Aquilo não fazia sentido. Jaslyn tinha enlouquecido?

— Sim, eu sei, senhor, eu também fui atraída para lá, mas algo aconteceu. Outro poder o levou. O poder tinha direito devido a uma... uma restituição.

Gelo foi enchendo minha casca vazia à medida que a compreensão se assentava em mim. A restituição havia levado uma alma por uma alma. Uma alma que atingiria em cheio o coração da Pagan.

— Não! — reagi, afastando-me da porta onde eu pretendia entrar minutos antes.

Isso não poderia estar acontecendo. Wyatt não poderia ter perdido sua alma para Guedê por causa da Pagan. Ela nunca seria capaz de viver com essa ideia se ficasse sabendo. Mas como eu poderia esconder isso dela? Eu precisava recuperar a alma de Wyatt. Ele podia não ser capaz de retornar a esta vida, mas sua alma pertencia ao Criador. Wyatt não tinha feito nada de errado. Ele nunca se vendera para Guedê.

— Dankmar, senhor, isso não é tudo. — O sussurro suave de Jaslyn passou por mim como navalhas. Não tinha como ficar pior.

— O quê? — sibilei, olhando de volta para ela.

— O Criador. Ele quer ver o senhor. Agora.

CAPÍTULO 16

Pagan

— Acho que posso morrer de inalar tanta poeira — Gee resmungou, enquanto tirava outra caixa das pilhas de caixas de papelão que minha mãe havia colocado ali ao longo dos anos.

— Ah, para de ser dramática. O que é um pouco de poeira? Você já esteve em edifícios em chamas.

— Já, bem, nesses, eu tenho que entrar. É o meu trabalho. Só que a minha função não diz que tenho que fazer trabalho manual em um sótão com uma humana.

Rindo para mim mesma, abri a caixa que ela havia acabado de tirar da pilha perigosamente alta que minha mãe tinha feito. Quer dizer, eu entendia que ela estava tentando economizar espaço ali, mas uma pilha de caixas que quase tocava o teto não era exatamente uma jogada inteligente.

— Quer que eu olhe nesta? — Gee perguntou, enquanto abria a próxima caixa.

— Sim, por favor.

— E é um cachorrinho de pelúcia branco, né?

— É... bem, talvez não seja mais exatamente branco. Foi muito amado, então o pelo pode estar um pouco manchado agora.

Gee resmungou para si mesma quando começou a olhar a caixa.

Revirei os itens que tinha guardado ali há apenas oito anos porque não tinha conseguido doar. Uma pequena bolsa com letras de lantejoulas que dizia Las Vegas me fez sorrir. Minha mãe tinha me levado a uma convenção de escritores uma vez. Foi uma das últimas vezes que ela me levou com ela. Eu sempre ficava entediada, mas, na viagem a Las Vegas, encontrei um amigo... eu acho. Balançando a cabeça, eu empurrei isso de lado e encontrei uma camiseta dos Backstreet Boys, que tinha ganhado no Natal de outro ano. Deus, eu era uma bobona. Uma caixa de sapatos me encontrou em seguida e eu sabia sem olhar que continha todas as cartas que havia trocado com Miranda ao longo dos anos de escola. Estavam cheias de coisas inteligentes como "Você acha que Kyle gosta de mim?", ou "Você viu como fica a bunda da Ashley naquele jeans? Ela precisa fazer dieta", ou a minha favorita: "Você acha que a sra. Nordman tem um novo pelo de queixo hoje?". Sim, aquela caixa de sapatos não tinha preço. Infelizmente, não havia cachorrinho de pelúcia. Frustrada, fechei-a e a empurrei para o lado.

— Bem, essa foi um fracasso... — Cobri a boca para não cair na gargalhada. Gee estava posando em frente ao espelho alto, que uma vez tinha ocupado meu quarto de "princesa", mas essa não era a parte engraçada. Gee tinha encontrado as fantasias de que eu não quis me desfazer quando tinha dez anos, mas também não queria mais no meu quarto. Ela colocou meu vestido da Sininho com sapatos de plástico da Branca de Neve, em que seu pé não chegava nem perto de caber. Na cabeça, ela estava usando o véu que acompanhava minha fantasia de Jasmine.

— Como estou? — ela perguntou, girando mais rápido do que um humano seria capaz de fazer, e a saia da Sininho flutuou na sua frente. Eu sempre girava naquele vestido, tentando o meu melhor para deixá-lo perfeitamente ajeitado.

— Fabulosa, você super deveria usá-lo no trabalho — falei em seguida, e soltei uma gargalhada estridente.

— Dank não saberia o que pensar se eu aparecesse lá pronta para uma viagem à Disney World. Ele teria medo de mandar a alma comigo.

Afundei na caixa atrás de mim, incapaz de parar de rir daquela visão ridícula.

— Você ia dar um susto de *morte* nele! — Comecei a rir ainda mais do meu próprio trocadilho.

Gee começou a dizer algo mais, quando um *vuush* atrás de mim transformou minha risada em um gritinho.

— Ai, que diabos, Jaslyn? Isso não é uma festa — Gee reclamou, e eu relaxei um pouco, percebendo que Gee conhecia a linda ruiva pálida que tinha aparecido no meu sótão. Suas feições translúcidas perfeitas eram tão semelhantes às de Gee, quando ela estava no modo "transportadora", que eu rapidamente juntei as peças e entendi o que ela era.

— Me desculpe, Gee. — Ela parou e lentamente olhou para o que Gee estava vestindo. Seu rosto foi tomado por um franzido confuso.

— Pare de ficar boquiaberta, Jas, e me diga por que você está aqui — Gee disparou. As roupas chamativas desapareceram do seu corpo e ela estava mais uma vez de jeans, moletom e botas.

— Oh, hum, sim... bem, é... Dankmar precisa de você.

A atenção de Gee mudou da transportadora para mim.

— E quanto à Pagan?

— Oh, uh, ele não disse. Ele apenas disse que precisava de você.

A cara fechada de Gee me dizia que ela não tinha tanta certeza sobre isso, mas, se Dank a tinha enviado, então devia ser importante.

— Vou passar o dia com a Miranda. Podemos procurar o cach... aquela coisa mais tarde — falei.

Gee acenou para mim em concordância.

— Ok, vamos descer agora antes de eu sair. Você não precisa ficar aqui sozinha.

— Tá.

Fui para a escada e, em seguida, olhei de volta para Gee, para suplicar que ela me avisasse se algo estivesse errado, mas ela estava sussurrando com Jaslyn em uma conversa muito intensa, então eu as deixei sozinhas. Gee não ficaria fora por muito tempo. Dank não a deixaria em paz. Além disso, Dank estava bem. Ele era a Morte. Eu não precisava me preocupar.

Dank

— O que está acontecendo, Dankmar? — Gee questionou quando chegou com Jaslyn no cemitério da pequena casa funerária na cidade de Pagan.

Eu estava inspecionando o túmulo de Wyatt para ver se havia algum indício de atividade. Sua alma não havia sido deixada para vagar pela Terra. O único outro lugar onde poderia estar era com Guedê, em Vilokan. Nesse caso, estava completamente fora do meu alcance. Encontrá-lo seria quase impossível. Nenhuma Divindade ou ser criado pelo Criador jamais estivera em Vilokan. A ilha sob o mar era para os espíritos vodu e as almas que eles tomavam enquanto estavam na Terra.

— Wyatt. A alma dele não deveria ter sido levada. Ele nunca apareceu nos livros.

Ainda parecia inacreditável quando eu dizia isso. Mesmo depois de falar com o Criador. Escolhas tinham sido feitas. Com o poder de restituição do lado de Guedê, isso poderia piorar.

— *O quê?* — Seu tom incrédulo não me surpreendeu. Eu tive a mesma reação. Isso nunca tinha acontecido. E se eu não encontrasse uma maneira de impedir, o Criador esperava que eu entregasse Pagan ou a mãe dela a Guedê. Nenhuma das duas coisas era uma opção.

— Guedê. Ele levou a alma de Wyatt como pagamento pela restituição. O Criador não acredita que ele vá parar por aí. Wyatt serviu apenas de aviso para Pagan ou para mim. Não vai ser o suficiente para compensar por tirar Pagan das mãos dele.

Gee sentou-se na lápide atrás dela.

— Ah, merda.

— Eu não quero contar isso para a Pagan ainda. Não se pudermos consertar a situação sem ela saber. As implicações da morte de Wyatt seriam algo grande demais para ela lidar. Ela se sacrificaria sem questionar. Eu não vou permitir; eu vou pôr um fim nisso.

Gee acenou com a cabeça em total concordância. Eu sabia que poderia contar com ela. Jaslyn, por outro lado, estava pronta para oferecer Pagan em uma bandeja de prata. Ela não entendia, mas, ainda assim, isso tornava difícil tê-la perto de mim. Eu queria descontar minha raiva em alguém, e sua indiferença a estava colocando no caminho da minha ira.

— Onde está Pagan agora? — eu perguntei, desviando minha cara raivosa da encolhida Jaslyn de volta para Gee.

— Está com Miranda — ela me assegurou.

Isso era bom. Eu precisava de Gee agora. Tínhamos que encontrar uma maneira de penetrar em Vilokan. O Inferno teria sido muito mais fácil.

Pagan

Não foi fácil convencer Miranda a ter um dia de compras, mas ela precisava sair. Depois de forçá-la a se vestir e empurrá-la para dentro do meu carro, fomos para o shopping. Quatro horas depois, ela estava dando sinais de vida novamente. Fiquei extremamente grata.

— Preciso de um café — anunciei, enquanto saíamos da nossa terceira loja de sapatos em uma hora. Eu consegui encontrar dois pares sem os quais não poderia viver. Um era um par de sandálias amarelas abertas na parte de trás, com um salto pequeno. O outro par eram botas bege, que combinariam perfeitamente com minha jaqueta de couro bege. A melhor parte é que eles estavam em promoção. Miranda, no entanto, não tinha comprado nada. Estávamos indo um passo de cada vez. Ela até chegou a experimentar alguns sapatos na última loja. Precisei forçar, mas, pelo menos, ela os provou.

— Eu também — Miranda respondeu, virando-se para a Starbucks em vez de ir para a próxima ala do shopping, onde ficava a Wide Mouth, a cafeteria favorita do Wyatt. Entendi a deixa e, sinceramente, não tinha certeza se conseguiria lidar com a ideia de entrar na Wide Mouth agora.

— O que você quer? — perguntei, pegando minha carteira.

— Não sei, só pegue pra mim um café igual ao seu — disse ela, com um aceno, e foi encontrar uma mesa.

Eu não podia pedir para ela um café igual ao meu. Eu sempre pedia um caramelo latte com chantilly, e Wyatt também. Saí da fila para que as pessoas atrás de mim pudessem fazer o pedido e observei o menu no quadro atrás do balcão. Fazia anos que eu não pedia nada além de um caramelo latte. Eu nem sei se sabia pedir alguma outra coisa.

— Ouvi dizer que o chocolate é incrível — Leif sussurrou no meu ouvido. Eu sabia que ele estava realmente aqui, em vez de apenas no meu ouvido, por causa do calor do seu peito atrás de mim. Ele tinha assumido a forma humana, porque meus braços não estavam arrepiados.

— Eu sou uma garota crescida, prefiro café — retruquei sem olhar para ele. Ele riu baixinho.

— Sim, eu sei. Caramelo latte com chantilly.

Tensa, olhei para onde Miranda estava sentada. Ela estava nos observando com um olhar divertido, mas triste. Eu sabia que me ver com Leif a lembrava de Wyatt. Mais uma razão para ficar bem longe dele. Se ele apenas entendesse a mensagem e me deixasse em paz... Eu nunca concordaria em dar a ele minha alma. Dane-se a estúpida restituição ou o que quer que fosse.

— Não — respondi, e me aproximei do balcão para fazer o pedido e me afastar dele.

A garota no balcão estava cobiçando Leif e não prestando atenção em mim. Na verdade, ela começou a enrolar uma mecha de cabelo castanho em volta do dedo e a piscar sedutoramente. Se a garota tola soubesse... Ele não era o típico garoto americano.

Limpei a garganta para chamar a atenção dela e, quando isso não funcionou, eu literalmente tive que bater a palma da mão no balcão na frente dela.

— Oi, com licença, é a minha vez.

Ela finalmente tirou seu intenso olhar de "vem que eu tô facinha" de Leif e olhou para mim. Ótimo, agora ela ia cuspir no meu café.

— Eu sei disso. Estava esperando você fazer o pedido. — O tom da garota era ríspido.

— Bem, eu não tinha me dado conta. Você parecia ocupada.

Suas bochechas ficaram vermelhas e eu estava pronta para ela soltar alguma resposta mal-humorada quando Leif tossiu alto. Ele parecia estar suspeitosamente encobrindo uma risada.

— Acredito que começamos com o pé esquerdo. — A voz de Leif ficou suave e profunda. Assim como ele pretendia, a expressão da garota ficou sonhadora. As mulheres realmente eram fracas quando se tratava de homens atraentes. — Só precisamos fazer o pedido. Eu gostaria de um chocolate grande e você de um... — Ele me encarava como se estivéssemos ali juntos. Comecei a abrir a boca para corrigir essa suposição, quando decidi que seria melhor continuar, se não quisesse a saliva da garota no meu *latte*.

— Oh, um, dois grandes... hum... dois grandes... hum...

Eu podia sentir o olhar impaciente e irritado da garota, mas não deixei isso me deter. Eu estava tentando encontrar algo no cardápio que eu sabia que seria seguro pedirmos.

— Ela gostaria de dois *mochas* grandes com chantilly e pedacinhos de chocolate por cima, por favor — Leif informou à garota.

Que diabos? Eu não tinha dado permissão a ele para fazer pedidos por mim. Mesmo que o que ele tivesse pedido parecesse muito bom. Ele me contornou e começou a pagar, enquanto flertava com a atendente. Eu cruzei os braços e esperei até que ele terminasse.

Quando ele se virou para sorrir para mim, eu rosnei.

— O quê? Você não conseguia decidir. Eu te ajudei. Você adora chocolate. Vai gostar do *mocha*.

— Não me lembro de ter pedido sua ajuda. Posso fazer meus próprios pedidos — sibilei.

Leif encolheu os ombros e estendeu a mão para o meu braço, me puxando para o lado, para que as pessoas que eu não tinha notado atrás de nós pudessem pedir. Fui com ele e, em seguida, puxei meu braço assim que estávamos fora do caminho.

— Por que você insiste em ficar com tanta raiva de mim o tempo todo?

Ele não tinha acabado de me fazer essa pergunta. Abri a boca para dizer exatamente como eu me sentia em relação a sua reivindicação sobre a minha alma, quando Miranda se levantou e correu em direção à entrada do café.

Passei por Leif e fui atrás dela.

Ela virara à esquerda e estava se dirigindo para a porta dos fundos, por onde havíamos entrado. Aumentei o ritmo e desviei das pessoas que estavam parando para me observar correr atrás de Miranda. Minha primeira preocupação foi que ela tivesse surtado com todo aquele trauma. Minha segunda preocupação era que um policial fosse me prender por tentar machucá-la. E então havia a preocupação de que eu acidentalmente esbarrasse em alguém durante a perseguição.

Felizmente, ela parou nas portas que davam para o estacionamento onde eu havia parado o carro. Seus ombros estavam pesados enquanto ela segurava o puxador, tentando recuperar o fôlego. Minhas duas sacolas que ela estava segurando estavam a seus pés.

— Miranda, o que foi? — perguntei sem fôlego, quando finalmente a alcancei.

As lágrimas escorriam por suas bochechas enquanto ela olhava para fora. A devastação estava tão profundamente gravada no seu rosto que me perguntei se a dor um dia iria embora. A garota que eu conhecera por toda a minha vida havia mudado naquele dia no campo de futebol, enquanto observávamos o corpo sem vida de Wyatt deitado ali, sem reação.

— Eu não posso. — Ela soluçou, balançando a cabeça. — Eu simplesmente não posso.

Passei o braço em volta dos seus ombros e a puxei para o meu lado. Ela desabou, chorando de dar dó. Eu havia forçado a barra demais. Ela não estava pronta para isso. Fui consumida pela culpa. Deveria ter deixado esse passeio mais curto. Começar com ela um pouco de cada vez. Eu e minhas grandes ideias.

— Venha, vamos para casa — falei, abrindo a porta e levando-a para o carro.

— Podemos... — Miranda soluçou. — Podemos só ir visitar o túmulo dele? Eu preciso fazer isso.

Discordei. Ela não estava pronta para isso ainda. Eu não estava pronta para isso ainda, mas também não podia dizer não a ela. Abri a porta do passageiro e Miranda deslizou para dentro.

Talvez pudéssemos ir. Se era o que ela queria fazer, eu seria durona e iria com ela, mas, primeiro, íamos parar na sua casa. Ela iria precisar de uma pequena dose de coragem, e sua mãe tinha um armário inteiro com a coragem líquida de que ela precisava.

Capítulo 17

Os cemitérios à noite são muito mais assustadores do que durante o dia. Tentei desesperadamente ignorar as almas pairando sobre os túmulos que presumi serem deles, mas era muito difícil não dar um pulo de susto toda vez que passávamos por uma sepultura e uma alma flutuava na nossa frente. Eu queria agarrar o braço de Miranda e impedi-la, para que a alma pudesse vagar, mas isso só iria confundi-la e alertar as almas de que eu conseguia vê-las. Então, em vez disso, fechei os olhos com força e tentei fingir que não estávamos caminhando através delas. Ah, como eu odiava o pai de Leif por essa maldição estúpida.

— Está frio aqui fora — disse Miranda, quebrando o silêncio.

Olhei-a, enquanto ela tomava outro gole da garrafa de vinho em suas mãos. Eu tinha encontrado um vinho de sobremesa que sabia que ela seria capaz de aguentar. Ir a um cemitério à noite não era minha ideia de passeio, mas eu, com certeza, não queria chegar aqui e vê-la desmoronar em mim ou, Deus me livrasse, sair correndo noite adentro do jeito que ela havia corrido no shopping. Eu não estava pronta para um passeio noturno por um caminho lotado de almas.

— Está — concordei, puxando a jaqueta de couro bege e abotoando-a.

— Você quer beber? Isso vai te aquecer. — Miranda me ofereceu a garrafa de vinho.

Olhei para sua mão. A cor clara e o cheiro frutado eram tentadores. Ter algo para aliviar meu desconforto seria bom, mas eu ia dirigir, então balancei a cabeça e recusei.

— Não, eu estou bem.

Miranda esperou mais um segundo antes de puxar o vinho de volta para junto do peito.

— Ok, você que sabe, mas isso realmente ajuda.

Eu não iria discutir com ela. Eu tinha certeza de que estava ajudando muito. Três semanas atrás, eu não poderia ter pagado a ela para andar por um cemitério à noite. Caramba, eu não poderia ter pagado a ela para parar no estacionamento de um cemitério à noite. Ter alguém que ela amava enterrado ali mudava as coisas.

— Aí está — sussurrou ela, finalmente parando.

Meu olhar seguiu o dela. O túmulo de Wyatt ainda estava fresco e coberto de flores. Algumas estavam começando a murchar, mas a maioria das flores ainda estava tão linda quanto no funeral.

— Vamos nos sentar no banco — disse Miranda, quase com reverência.

Os pais de Wyatt tinham colocado um banco ao pé do túmulo. Eu tinha me perguntado sobre isso quando o vi no dia do funeral. Pensei que talvez estivesse lá apenas para o funeral, mas, quando saímos, olhei para trás e o banco permanecia.

— Ali está a que mandei... — A voz de Miranda falhou quando nos sentamos e olhamos para os arranjos de flores na nossa frente. A grande bola de basquete na cabeça do túmulo era feita de cravos alaranjados e mosquitinhos pretos. Miranda havia insistido histericamente para que a florista fizesse um arranjo que parecesse uma bola de basquete. Eles tinham conseguido por ela. E ficou bonito. Wyatt teria adorado.

— Acabou ficando muito bom — assegurei.

— Sim, ficou. Eu gostaria que ele pudesse ver.

Eu não tinha certeza de como responder a isso. Não queria que ela começasse a falar sobre a alma dele vagando por aí e vendo o arranjo antes de deixar o mundo. Mentir não era meu forte, e eu tinha dificuldade de concordar com ela quando eu sabia que a situação era outra.

— Lembra daquela vez que trouxemos o quadriciclo do Wyatt para cá desde aquele caminho na floresta atrás da sua casa? — A voz de Miranda adquiriu um tom divertido.

— Lembro.

Fomos perseguidos pela polícia por pular sepulturas no quadriciclo. Wyatt e eu assumimos a culpa e deixamos Miranda de fora. Wyatt sempre era protetor com ela, mesmo naquela época, e, com toda honestidade, ela havia nos implorado para não fazer aquilo. Nós a ouvimos durante todo o caminho até aqui, sobre como isso era errado e como o fantasma dos túmulos das pessoas que a gente tinha saltado ia nos assombrar. Eu, é claro, sabia que ela estava errada e isso não me incomodava nem um pouco.

— Minha mãe até hoje não faz ideia de que isso aconteceu. Eu nem contei a ela sobre vocês dois se meterem em confusão, porque eu estava com medo de que ela se recusasse a me deixar andar com delinquentes.

Eu ri e um pequeno sorriso tocou a boca de Miranda. Era muito bom ver isso. Seus sorrisos eram muito poucos e distantes entre si.

Miranda tomou outro gole do vinho. Seus golinhos progrediram para goladas. Seu olhar vítreo me dizia que o vinho estava tendo o efeito desejado. Eu me sentia um pouco culpada por tê-lo dado a ela, mas Miranda precisava estar relaxada para enfrentar tudo isso. Ela estava relembrando. Isso era bom. Valia uma garrafa de vinho e dar bebida alcoólica a uma menor de idade.

— Uau, não era quem eu esperava ver aqui — Leif disse, enquanto caminhava ao nosso lado.

Miranda deixou escapar uma pequena risada, depois que percebeu que era Leif, e não um zumbi, que tinha se juntado a nós.

— E bebendo? — Os olhos de Leif saíram da garrafa de vinho de Miranda para encontrar os meus.

— Ela queria vir aqui. Achei que ela precisava de coragem para enfrentar essa situação.

Leif assentiu e um pequeno franzido tomou sua testa. Eu me perguntei se ele sentia muito pela perda dela ou se até mesmo sentia falta de Wyatt.

— Posso compreender — respondeu ele.

Miranda se aproximou mais de mim e deu um tapinha no local ao lado dela.

— Venha se sentar aqui — ela ordenou a Leif.

Eu queria dizer que ele era a coisa mais perigosa ali, mas mantive a boca fechada.

Pelo menos do outro lado de Miranda, eu não precisava ver o rosto dele.

— Aqui, é bom — Miranda ofereceu, empurrando a garrafa para Leif desajeitadamente. Ok, então talvez ela já tivesse bebido o suficiente.

— Não seria uma má ideia — ele disse e, com o canto do olho, pude vê-lo inclinar a garrafa para cima.

— Desculpe, eu saí correndo hoje e deixei você lá. — Miranda estava começando a falar esquisito. Sim, ela já tinha bebido o suficiente. Passei a mão na frente dela e apanhei a garrafa de Leif.

— Pra você já deu por hoje, Miranda. Mais um pouco e você vai me odiar amanhã — expliquei, puxando a rolha do bolso e encaixando na boca da garrafa, antes de colocá-la aos meus pés.

— Estava preocupado com você, mas vi que Pagan te alcançou — Leif respondeu, dando tapinhas no joelho de Miranda.

— Sim, sim. Não sei o que eu faria sem ela — Miranda balbuciou.

Leif se inclinou para a frente, e pude sentir seus olhos em mim.

— Ela é muito especial — ele concordou.

Miranda assentiu. Em seguida, começou a colocar a cabeça no meu ombro, mas errou e caiu para a frente. Leif e eu a agarramos antes que ela pudesse tombar de cara na terra fresca e nas flores.

Rindo, Miranda balançou para a frente e para trás enquanto a sentávamos de volta. Suficiente ou não, ela já havia passado da conta. Eu duvidava de que ela se lembrasse de muito pela manhã. Com sorte, não iria acordar abraçada no vaso sanitário.

— Ok, acho que é hora de irmos para casa — falei, me abaixando para pegar a garrafa de vinho e depois me levantando. — Venha. Vamos te levar para a cama.

— Vou te ajudar a levá-la para o carro — Leif ofereceu, e comecei a dizer não, quando Miranda caiu de joelhos e gargalhou.

— Tá, beleza, obrigada — murmurei.

Seria muito útil se Gee não tivesse desaparecido completamente hoje, mas eu estava sozinha e Leif era o único "ser" me perseguindo no momento. Ele parecia muito satisfeito com essa reviravolta, e tive que reprimir o desejo de dizer que eu poderia fazer isso sozinha. Porque eu tinha certeza de que acabaríamos dormindo no cemitério se dependesse de mim para levá-la para o carro.

Leif se abaixou e a pegou pelas axilas. Ela cambaleou e ele envolveu sua cintura com o braço.

— Calma, garota — ele orientou.

— *Calmagarota* — Miranda imitou, rindo como se ele tivesse dito a coisa mais engraçada que ela já tinha ouvido.

Nota para mim mesma: Miranda era peso-leve. No futuro, um copo de vinho seria seu limite.

— Tchau, Wyatt, *teamodemais!* — Miranda gritou, enquanto Leif a conduzia pelo caminho que tínhamos seguido desde o estacionamento até chegar ali.

Como eu, Leif podia enxergar as almas e se esquivava delas, deixando-as passar, para que eu não precisasse passar por nenhuma ao sair.

— *Teamodemais* — Miranda começou a entoar, desamparada. A tristeza da bebedeira estava começando a vir à tona. Eu não tinha pensado nessa possibilidade.

Leif abriu a porta do passageiro e acomodou Miranda no assento em vez de deixá-la cair dentro. O que tenho que admitir que foi muito atencioso. Especialmente para um espírito vodu.

Dei a volta para o lado do motorista quando ouvi a porta do passageiro fechar e a porta traseira abrir. Virei a cabeça e vi Leif sentar no banco de trás. De jeito nenhum isso ia acontecer.

Parei, abri a porta traseira do meu lado e coloquei a cabeça para dentro.

— O que você pensa que está fazendo? — falei entre os dentes.

— Estou garantindo que vocês duas cheguem em casa com segurança — respondeu ele, com um sorriso educado.

— Ah, não, você não está. Cai fora!

— *Nãosejamalvada*, Pagan — Miranda interrompeu do banco da frente.

Revirando os olhos, deixei escapar um suspiro exasperado. Tudo bem, se ele queria ser um príncipe encantado, que fosse. Eu não iria lidar com ele agora. Precisava levar Miranda para casa antes que ela desmaiasse, ou pior, vomitasse no carro.

— Tanto faz — resmunguei e bati a porta para dar mais efeito.

Consegui dar partida no carro e sair para a rua sem olhar para trás, fingindo que Leif não estava lá. Eu pretendia ignorá-lo durante todo o caminho para casa. Talvez ele ficasse irritado e desaparecesse. Deus sabia que Miranda nem perceberia. Desviei o olhar para ela e vi suas pálpebras ficarem pesadas.

— Fique acordada. Não vou conseguir fazer você entrar se estiver desmaiada. Não queremos que seu pai saia e te encontre assim.

Isso a despertou. Se o pai dela a encontrasse bêbada, ficaria furioso. Bem, talvez. Seus pais estavam tão preocupados com ela que talvez ele entendesse. Ou poderiam interná-la em uma clínica psiquiátrica. Ela realmente não queria ir a uma dessas.

— Assim é melhor, mantenha os olhos abertos. — Abaixei sua janela. — O ar frio deve ajudar e, se você começar a sentir enjoo, incline-se para fora da janela e vomite.

Miranda deu uma risadinha e apoiou a cabeça no encosto, deixando a brisa fria soprar em seu cabelo.

— De quem foi a ideia de deixá-la bêbada? — Leif perguntou do banco de trás.

Eu iria manter meu plano de ignorá-lo, então levei a mão ao rádio para aumentar. Antes que pudesse, Miranda falou lentamente:

— *DaPaaagaaan*, ela é inteligente.

Leif riu do banco de trás. Eu tinha que concordar com ele. No momento, eu também estava questionando minha inteligência.

— *Podemosfazerdenovo* a... amanhã? — Miranda indagou.

Neguei com a cabeça.

— Não. Acredite em mim, a dor de cabeça que você vai ter de manhã vai concordar comigo. Foi uma vez e já chega.

Miranda soltou um som de "pfft" que fez com que espirrasse saliva da sua boca.

Parei na sua garagem, esperando que Leif simplesmente evaporasse, quando ele abriu a porta do carro como um humano e então começou a tirar Miranda. Ótimo, o Príncipe Encantado ia continuar com seu comportamento educado. Eu os segui até a porta, e a mãe de Miranda nos encontrou lá.

Avancei e entreguei a ela a garrafa de vinho pela metade.

— Ela queria ver o túmulo de Wyatt esta noite. Eu peguei porque senti que ela ia precisar. Sinto muito...

Sua mãe ergueu a mão para me impedir.

— Não, está tudo bem. Eu entendo. Isso não é pior do que os comprimidos que tenho dado a ela. — O tom de sua mãe era de pura derrota. Eu já tinha ouvido esse tom antes com a minha mãe. Esperava que eles não fossem fazer com Miranda o que minha mãe tinha feito comigo.

— Só vá para casa agora, Pagan. Sua mãe já me ligou procurando por você. O avião dela chegou há uma hora. Esta noite, eu cuido da Miranda.

Confirmei, balançando a cabeça, e recuei quando Miranda foi para os braços de sua mãe e fechou a porta.

— Parece que somos só você e eu — disse Leif, totalmente satisfeito.

PREDESTINADA

CAPÍTULO 18

— Não, sou só eu, e eu vou para casa — respondi ao me virar e seguir para o carro. Não dei a ele o prazer de me ver olhar para trás. Abri a porta do veículo com um pouco mais de força do que era realmente necessário e entrei. Levando a mão à chave que havia deixado na ignição, eu me atrapalhei e não consegui encontrá-la. Frustrada, liguei a luz de teto e olhei em volta do volante para ver se a chave não estava lá.

Verifiquei meus dois bolsos e comecei a me abaixar para tatear o assoalho, quando a porta do passageiro se abriu e Leif entrou com a chave pendendo dos dedos.

Afffff... estendi a mão e a arrebatei com facilidade dos dois dedos que a seguravam e, então, a encaixei na ignição.

— O que você pretende fazer, Leif? Entrar e visitar minha mãe? Humm... porque é mais do que provável que Gee chegará lá pouco depois de mim, e ela está louca para te dar uma surra.

Leif se recostou no assento, procurando ficar confortável.

— Não, Pagan, só acho que eu e você precisamos conversar.

— Sobre o quê? Sobre o fato de que você quer levar a minha alma para algum mundo vodu do além ou sobre o fato de que me perseguiu a minha vida inteira, e então tomou as minhas memórias de mim? Já sei! Quer falar sobre as *mentiras* que contou para mim desde o início, me fazendo acreditar que você era um cara legal. Escolha uma das opções, pois eu já cheguei a uma conclusão sobre todas elas.

Leif deixou escapar um suspiro cansado e, nervoso, esfregou a mão sobre o joelho coberto pelo jeans. No passado, quando pensei que ele era *humano*, eu achava essa mania fofa. Agora, eu não era muito fã.

— Você está brava comigo. Já saquei. Até entendo. Sempre esperei que você fosse ficar assim, quando soubesse...

— Então por que insistir?

— Porque eu te escolhi. Esse era o seu propósito. *É* o seu propósito. Não entende? Você teria morrido, Pagan. Batido as botas. Falecido. Teria ganhado outra vida e perdido a chance desta completamente. Porque você ia morrer. A morte não te amava na época. Ele a ceifaria como era a função dele. Não havia nada que alguém pudesse fazer para detê-lo, exceto a sua mãe. Ela poderia escolher te entregar para Guedê, e ela escolheu. Ela pode não ter percebido, mas, quando implorou para uma médica vodu salvar a sua vida com magia vodu, te entregou para o meu pai. Então você viveu. Não morreu. A Morte não te levou. Você cresceu com a sua mãe e forjou uma amizade com Miranda e Wyatt. Você VIVEU. Aqueles foram anos que você não teria tido se eu não a tivesse escolhido. Essa vida que você tem agora teria terminado naquela noite, no Hospital Infantil de Nova Orleans.

Ouvir a situação sendo explicada dessa forma era difícil. Engolindo o nó que se formou na minha garganta, comecei a virar para a minha rua quando Leif agarrou o volante.

— Não. Ainda não terminamos.

Tentei virar, mas o volante não se moveu. O carro permaneceu rumo a leste, indo em direção à periferia da cidade e para a velha ponte East Gulf.

— Certo, tudo bem. Você me manteve viva. Consegui viver essa vida. Agradeço, mas agora eu preciso continuar com ela, e você não se importa. Diz que me quer e que precisa de mim, mas não poderia dar menos importância para o que eu desejo. É muito egoísmo da sua parte. Tudo o que importa é o que quer. Você não leva o que eu quero em consideração. Age como se eu fosse sua posse e devesse me sentir feliz por isso.

Leif não respondeu de imediato. Tentei virar o volante de novo, mas não consegui. Suspeitei de que, se eu tirasse as mãos de lá, o carro dirigiria sozinho. A ideia de que Leif talvez não me deixasse ir para casa começou a se solidificar. Meu coração acelerou e tentei recuperar a calma. Se aquele não era o plano dele, eu não queria lhe dar nenhuma ideia.

— Tentei facilitar as coisas para você. Tentei fazer da transição algo que você aceitasse. Eu te protegi da verdade. Quis que tomasse a decisão porque desejava, não porque eu a tivesse forçado, mas ficamos sem tempo. Há algo de que você precisa saber. — Leif apontou para o acostamento logo antes da ponte. — Encosta.

Eu não tinha certeza se as coordenadas eram para mim ou para o carro, porque eu não pretendia encostar, mas o carro seguiu as instruções e parou sem a minha ajuda.

— Do que preciso saber? — perguntei e bati no volante traidor e idiota.

— Você não vai gostar. Não queria que soubesse, mas, quando você se recusou a aceitar que sua alma era a restituição pela vida que o meu pai lhe concedeu, ele decidiu que tomaria a restituição de outro lugar.

O que diabos isso queria dizer? Será que significava que ele tinha sido pago em valor integral e eu poderia escapar impune agora, porque, se fosse isso, não havia nada que eu não gostasse no cenário.

— Pagan, olhe para mim — ordenou Leif, e eu virei a cabeça para encontrar o seu olhar firme. — A morte de Wyatt foi só o começo. Guedê tomará mais, todo mundo que for próximo de você. Ele os levará um por vez até que você ceda e concorde em vir comigo, ou até que não haja mais ninguém para levar.

O torpor se apoderou de mim quando encarei Leif. Era como se ele tivesse acabado de falar em uma língua diferente. Eu tinha entendido o que ele queria dizer, mas o significado daquilo tudo era quase impossível de aceitar. Eu queria deixar tudo para lá, esquecer o que tinha ouvido. Ele não podia ter dito o que eu acabava de escutar. Não havia como a restituição da minha alma afetar outras pessoas. Só a mim. Não... não o Wyatt. Não, eu estava lá. Eu tinha visto o Dank. Leif estava mentindo.

Balançando a cabeça quase que violentamente, eu gritei:

— NÃO! VOCÊ está mentindo. Você é um mentiroso. Eu vi o Dank. Eu o vi ceifando a alma do Wyatt. Dank jamais tomaria uma alma para o seu pai. Ele jamais teria...

— Dank não sabia — Leif me interrompeu. — Ele te contou antes de acontecer? Ele te preparou para a morte do seu amigo? Não. Ele não fez nada disso. Porque a morte do Wyatt não foi obra do destino. Meu pai usou o poder que tinha sobre a sua restituição não paga para matar o corpo que a alma do Wyatt habitava. Dank foi arrastado para lá para ceifar a alma do corpo porque é o trabalho dele. Ele ficou tão surpreso quanto você.

Eu não tinha resposta. Dank não havia me contado, não havia me preparado para a ocasião. Será que isso poderia simplesmente acontecer? Aquele que governava os espíritos dos mortos poderia reivindicar almas só porque eu não tinha feito o que ele havia mandado?

— Mas... mas você disse que a minha morte e a do Wyatt seriam as tragédias do ano letivo. O que significa que a morte do Wyatt foi obra do destino.

— Eu menti para você. Queria que você ficasse com raiva do Dank. Eu podia sentir a sua dor e sabia que você estava se distanciando dele.

Mentiras. Parecia que Leif só sabia viver por meio delas. Ele me queria para si, então mentia o quanto podia para conseguir alcançar seus propósitos. E, agora, o pai dele sairia matando pessoas inocentes que eu amava caso eu não me entregasse. Quem ia ser a próxima? Minha mãe? Miranda? Eu não podia esperar para descobrir; isso não ia voltar a acontecer. Dank tinha dito que ele era maior do que isso. Ele poderia mudar o rumo dos acontecimentos, mas agora era tarde demais. Wyatt já perdera a vida por minha causa. Eu não poderia ficar parada esperando que outra pessoa morresse também. A dor e a culpa seriam piores do que uma eternidade com Leif. Afrouxei o aperto no volante e meus ombros se afundaram em derrota.

— Tudo bem. Eu vou com você.

Leif não respondeu de imediato. O carro deu partida e voltou para a estrada. Atordoada, observei enquanto o veículo ia sozinho em direção à ponte. Na mesma hora, minha cabeça bateu no encosto do assento por causa da velocidade e, frenética, segurei o volante e comecei a pisar nos freios inúteis.

— Leif! Me ajuda! — gritei, e o volante virou bruscamente para a direita assim que chegamos ao meio da ponte.

— Estou com você, Pagan. — A voz de Leif estava calma, mesmo enquanto o carro atravessava a grade de proteção e embicava sobre as águas do oceano abaixo de nós. Sequer houve tempo de gritar antes de tudo virar escuridão.

Dank

Gee apareceu na minha frente, impedindo que eu fosse mais adiante na minha busca por espíritos vodu na meca mais importante deles em Nova Orleans. Eu sabia que eles tinham um portal ali em algum lugar que levava a Vilokan, o além dos espíritos vodu. Apenas três lugares no mundo tinham um portal. Com o tempo, Nova Orleans se tornara o mais popular para os espíritos. Os humanos eram bem-vindos e os celebravam. Até mesmo os católicos começaram a aceitá-los e a integrá-los à religião.

— Temos um problema. — As palavras de Gee não estavam envoltas em humor ou sarcasmo. Ela estava séria, o que indicava que o problema em questão envolvia Pagan.

Preparando-me, eu perguntei:

— Qual?

— Fui dar uma olhada nela, como você pediu. Havia viaturas na casa. A mãe estava muito perto de um colapso emocional, se já não tivesse sofrido um, e havia barcos de resgate, helicópteros e ambulâncias enxameando a ponte East Gulf. O carro da Pagan foi encontrado a uns dois quilômetros rio abaixo. Há marcas de derrapagem na ponte e um buraco do tamanho de um carro na grade de proteção, feito no momento em que o veículo dela a atravessou.

— Ela não se afogou — declarei, sabendo que o corpo de Pagan não estava morto. Eu não fui invocado.

— É claro que não, mas eles acham que foi o que aconteceu. Ela levou Miranda para casa ontem à noite, e a garota estava bêbada. Leif ajudou a entrar com ela na casa, segundo a mãe da Miranda. Eles agora estão pensando que Pagan também estava embriagada e é claro que Leif também está desaparecido, de novo, e eles pensam que os dois estavam no carro quando este caiu da ponte.

— Vilokan — rosnei. Leif a levara para Vilokan. Era conhecida por ser uma ilha submersa. Mas só espíritos vodu podiam entrar nela através do fundo do mar. Os portais eram o único meio de acesso.

— Foi o que pensei também, mas ele não poderia levá-la se ela se recusasse a ir.

Ele havia contado a ela. Leif havia contado sobre Wyatt, e é claro que ela o havia acompanhado. Pagan faria qualquer coisa para salvar as pessoas que amava. Eu a vira abrir mão da própria vida por mim sem questionar. Minha bela alma estava mais uma vez se sacrificando. Maldito fosse Guedê. Ele pagaria por isso. Ele pagaria com a extinção do Vodu. O mundo dele seria isolado deste mundo. Eu o faria desejar jamais ter se aproximado de Pagan.

Com um rugido furioso, empurrei o poste de luz ao meu lado com força o bastante para fazê-lo voar em direção ao meio da rua movimentada. O vidro se espatifou e as pessoas saíram correndo e gritando enquanto as buzinas retumbavam.

— Que movimento brilhante, Hulk. Vá em frente e mate alguém que não deve morrer hoje, por que não? Como se agora o Criador já não estivesse bem puto com você — Gee resmungou, antes de passar por mim e sair com raiva.

Eu não tinha matado ninguém. O máximo que eu consegui foi causar dano a uns poucos carros e ao poste. O caos que eu havia criado não era intencional, mas viria a calhar.

CAPÍTULO 19

Pagan

O chiffon preto flutuava ao redor da minha cabeça quando abri os olhos. Aquilo era familiar. Eu já tinha feito isso antes. Pisquei várias vezes até conseguir focar, e analisei o tecido delicado que cobria minha cabeça. Era lindo, mas assustador. Velas sobre todos os tipos de castiçais prateados preenchiam a mobília do quarto. Chamas enchiam o cômodo com um brilho reconfortante. Eu já estivera ali. Tentando me concentrar, eu me sentei e olhei ao redor. Paredes de pedra me cercavam, dando ao quarto grande uma sensação ainda mais sombria. Um imenso lustre de cristal pendia no meio do aposento. O teto era alto e feito de pedra, assim como as paredes. Devagar, minha mente começou a funcionar, e eu me lembrei de que aquele era o quarto de Leif. Ele já havia me trazido antes. Eu estava em Nova Orleans, o que era bom. Havia uma porta escondida em algum lugar naquela parede que me levaria à Bourbon Street. Eu daria o fora dali e chamaria Dank. Ele viria me pegar, e eu ficaria bem.

Eu me levantei e congelei quando as memórias começaram a piscar na minha mente. Meu carro voando pela estrada. Eu sendo incapaz de controlá-lo. Leif estava no controle do veículo. Ele virou o volante e nós batemos na grade de proteção e então nós... então nós...

— Você acordou. — A voz de Leif quebrou minha concentração, e eu me virei para vê-lo entrando através da porta escondida. Ficava do outro lado do quarto. Não era a mesma da qual eu me lembrava. Quantas portas havia naquele lugar?

— Nós. Você... nos jogou para fora da ponte. Para o mar.

O sorriso fácil de Leif desapareceu e ele assentiu devagar. Ele, pelo menos, parecia arrependido por ter nos jogado no Golfo do México.

— Isso mesmo, joguei. Desculpa, mas foi o jeito mais rápido de nos trazer para cá sem eu ter que te aportar. Da última vez, você ficou muito cansada, mas eu tinha que te trazer aqui na sua forma humana. Tentar extrair a sua alma teria sido impossível, considerando que a Morte jamais faria isso, então tive que te trazer para Vilokan passando pela rota mais próxima.

— Vilokan? O que é Vilokan? Não estamos em Nova Orleans? E me atirar no mar é a rota mais próxima para *onde*?

Leif deu uma risadinha e se sentou na beirada da cama. Eu queria ficar brava com ele, mas algo lá no fundo, que eu não deveria lembrar, não permitiu que eu o culpasse.

— Sinto muito. Vilokan é a minha casa. É o mundo espiritual da religião vodu. Fica debaixo da água. É uma ilha linda. Mal posso esperar para te mostrar o lugar.

Balançando a cabeça, fui até a porta que daquela última vez me levara direto para a Bourbon Street.

— Já passei por aquela porta, sei o que há lá fora. Não estamos embaixo da água, mas num prédio na Bourbon Street.

Leif se levantou, foi até a parede e a empurrou.

— Nenhuma porta, viu?

— Mas eu já passei por aquela porta — insisti.

— Já. Quando eu fiz uma porta lá, você passou por ela. Mas a menos que eu a faça, não há uma. Você passou por um portal especial que só os espíritos vodu podem criar. Temos três. Uma em Nova Orleans, uma no Haiti e uma no Togo, na África. Esses lugares têm o maior número de fiéis. Nossos espíritos são convocados lá e temos os portais para trazer humanos ou almas dessas cidades para Vilokan.

— Você vai me manter aqui? — A percepção de que, dessa vez, eu ficaria presa naquela ilha subaquática começou a me atingir.

Leif fez careta para mim, então a compreensão pareceu surgir em seu rosto.

— Você não se lembra. Eu deveria ter imaginado que a viagem bagunçaria um pouco a sua cabeça. Você se lembrará de tudo, mas não quero que fique sentada esperando que aconteça.

Levantando-se, Leif reduziu a distância entre nós, e comecei a recuar quando ele colocou as mãos de cada lado da minha cabeça. O calor irradiou pelo meu crânio e, devagar, imagens começaram a pulular nos meus olhos. Então, como se um telão de cinema tivesse sido posto atrás das minhas pálpebras, eu me lembrei de tudo, de cada detalhe sórdido.

Dando um passo para longe do seu alcance, cobri o rosto com as mãos. Eu estava ali. Para sempre. Wyatt tinha morrido por minha causa; Miranda tinha perdido nós dois por causa de mim. E Dank, ele nunca saberia o que havia acontecido comigo. Será que ele ao menos poderia me encontrar aqui embaixo?

— Sinto muito, precisei te fazer lembrar. Na noite passada, você só precisou lidar com essa informação por uns poucos minutos antes de afundarmos. Com o tempo, você vai se recuperar. Prometo.

O tom tranquilizador de Leif não combinava com as palavras que saíam da sua boca. Ele sequer percebia que acabava de me dizer que eu superaria que meu amigo estava MORTO por MINHA causa? Não tinha como superar algo assim. Não havia como superar o fato de que eu estava presa nesse lugar por toda a eternidade com ele, enquanto o cara que eu amava vagava pela Terra buscando por mim. Minha mãe ficaria de luto por mim. Miranda... ah, Deus, eu não queria pensar em Miranda. Ela não estava emocionalmente estável. Não seria fácil para ela lidar com essa situação.

— Sei que é muito para absorver agora. Mas todas essas questões são daquele mundo. Você precisa abrir mão da vida que conheceu. — Leif lançou um sorriso e abriu bem os braços, como se me oferecesse o mundo. — Pagan, você pode viver aqui como nunca viveu antes.

Eu não tinha resposta para isso. Ele realmente não entendia. A humanidade que eu sempre pensei que ele possuía, mesmo que em pequena quantidade, tinha sido uma ilusão. As emoções e os pensamentos de Leif não eram o de um humano normal. Ele acreditava estar me oferecendo esse mundo maravilhoso que era muito melhor do que o mundo do qual ele me tirara, mas eu era uma prisioneira. Eu sempre seria uma prisioneira. Eu estava ali porque não podia permitir que o pai dele tomasse mais almas. Era a minha alma que tinha sido condenada. Era a minha alma que pagaria.

— Venha comigo. Deixe-me te mostrar a ilha. É linda, você vai amar. É diferente de qualquer paraíso que você já pode ter imaginado. Caminharemos ao longo da praia com a areia mais branca e a água do mais límpido azul. E tem o meu pai, ele quer te conhecer oficialmente. E...

— Não vou sair deste quarto.

Ele podia ter o poder para me forçar a ficar ali, mas não queria dizer que eu tinha que agradá-lo. Eu não era um bichinho com quem ele poderia brincar. Eu ia ficar onde estava. Talvez eu enlouquecesse e começasse a falar com amigos imaginários, o que seria muito mais palatável do que a realidade.

— Pagan, por favor, não seja assim. Você vai ficar muito entediada. Quero te mostrar todas as coisas que há para amar em Vilokan. É o seu lar agora. Por favor, venha comigo.

Nem que fosse no inferno. Balancei a cabeça e fui me sentar na cama.

— Há livros aqui? Duvido que o meu iPhone funcione. — Levei a mão ao bolso para ver se o meu celular estava onde o tinha deixado da última vez, mas é claro que não estava.

— Temos uma biblioteca completa. Cheia de qualquer coisa que você possa querer ler. Venha comigo. Vamos te arranjar tantos livros que você não vai conseguir carregar tudo. — A esperança na voz dele acendeu ainda mais a minha fúria.

Balançando a cabeça, vociferei:

— Não, obrigada. Vou só dormir — informei, e me deitei nos lençóis de cetim preto, ficando de costas para ele.

Eu não conseguiria dormir, mas talvez, se ele pensasse que fosse o caso, eu seria capaz de me livrar dele por agora. Ter Leif ali não estava me ajudando a lidar com as coisas. A porta atrás de mim se abriu e fechou, e eu soltei um suspiro. Voltando a virar, encarei o chiffon preto e tentei imaginar a minha eternidade, que parecia muito desoladora. Com sorte, a insanidade me reivindicaria em breve.

Devo ter pegado no sono porque o som da porta de pedra se movendo me acordou com um susto. Esfregando os olhos, me sentei e observei Leif entrar no quarto.

O sorriso dele estava hesitante, quando seus olhos encontraram os meus. Bom, eu o tinha feito ficar nervoso ao se aproximar de mim. Talvez eu fosse a pior "companheira" do mundo e ele me largasse e fosse atrás de uma nova.

— Está melhor depois da soneca? — ele perguntou, parando aos pés da cama.

Não, eu nunca mais me sentiria melhor. Nem sequer dei àquela pergunta uma resposta, de tão ridícula que era. Leif aceitou o meu silêncio sem muita preocupação. Ele estava lidando bem demais com a minha atitude. E por que ele estava vestindo um smoking?

— Meu pai quer que você se junte a nós para o jantar.

— Não. — Jamais.

— Pagan, você não pode recusar um pedido de Guedê. Não posso te proteger da punição que ele pode decidir te infligir. Por favor, não o desobedeça.

Ele só podia estar de brincadeira. Eu estava presa na versão vodu do Inferno e ele achava que eu me importava de deixar o paizinho idiota dele puto.

— Não — repeti.

A atitude despreocupada de Leif começou a rachar um pouco. Eu podia ver a frustração em seus olhos e imaginei se eu poderia mesmo irritá-lo ao ponto de ele implorar para se livrar de mim. É claro que ele não me enviaria de volta para a Terra; em vez disso, ele me jogaria no poço de fogo deles ou algo equivalente. Aliás, eles tinham algum poço de fogo desses?

— Certo, olha, se você fizer isso por mim, eu vou... eu vou enviar a alma do Wyatt para você. Você será capaz de conversar com ele. A alma dele é diferente quando não está na Terra. Assim que uma alma sem corpo deixa o mundo e habita na vida após a morte, é só na Terra que ela precisa de um corpo para se comunicar. No entanto, quando ele falar com você vai ser diferente. Ele não vai falar com a boca. A voz dele estará na sua cabeça. A alma dele é que vai falar com a sua.

Wyatt. Eu poderia ver e falar com o Wyatt. Eu me levantei, contornei a cama e fui em direção à porta.

— Tudo bem, vamos logo.

Leif riu às minhas costas.

— Devo tomar nota disso. Só preciso encontrar o incentivo correto para fazer você se levantar e fazer alguma coisa. Queria ter pensado em Wyatt mais cedo. E você não pode usar essa roupa no jantar. Guedê exige o respeito esperado. Você terá que se vestir de acordo com os desejos dele.

— Bem, Guedê vai ter que superar porque, quando você me atirou daquela maldita ponte, eu estava de jeans, suéter e jaqueta de couro. Eu não cheguei a fazer as malas para essa viagem.

Sorrindo, Leif fez um curto gesto com a mão, que me pareceu mais uma tentativa patética de espantar uma mosca.

— Pronto, você está linda, e o meu pai ficará satisfeito.

Olhei para baixo e respirei fundo. Eu não sabia que podia preencher um decote, mas o corpete apertado daquele vestido ridiculamente extravagante fez os meus seios chegarem até o nariz. Ou foi o que pareceu. A saia do vestido se destacava à minha volta como um aro. O que era isso? 1800?

— Por que você me colocou em um vestido da Scarlett O'Hara? Vocês sabem que essa moda já passou há mais de um século?

Leif riu e me ofereceu o braço.

— Meu pai gosta de festas. Mardi Gras é a época do ano que ele mais gosta. Hoje, o Mardi Grass está a pleno vapor nas ruas de Nova Orleans, então o meu pai realiza a própria comemoração aqui embaixo. É capaz de ele lançar colares de contas para todo mundo à mesa e nos servir Bolo de Reis. Você vai gostar dele, sério. Ele é conhecido por ser a alma da festa.

— Jura? E eu aqui pensando que ele fosse conhecido por ser o espírito maligno dos mortos. Que bobagem a minha.

Leif balançou a cabeça.

— Você não pode dizer essas coisas, Pagan. Ele não vai gostar. Não posso impedir que ele a castigue. Por favor, tenha cuidado com o que diz. Se você o irritar, não serei capaz de trazer Wyatt para te ver esta noite.

Foi o suficiente para me calar. Eu teria que morder a língua e lidar com aquilo. Olhando para o vestido lilás e as contas roxas que o enfeitavam, imaginei se eu teria que suportar o uso desses vestidos ridículos todas as noites. Se sim, isso resultaria em que eu visse Wyatt?

— Vamos. O jantar espera, e você deve estar com fome.

Meu estômago roncou em resposta, e Leif sorriu antes de abrir a porta e me deixar sair. Dessa vez, não havia ruas fedorentas. Em vez disso, um largo corredor estava iluminado com luzes a gás e entalhes ornamentados ao longo das paredes cobertas de máscaras. Eram o tipo de máscaras que a gente via em fotos de bailes à fantasia. Chiques e bem... extravagantes era a única forma de descrevê-las.

— São todas as memórias dos Mardi Gras passados. A cada ano, o meu pai dá um baile à fantasia na Terça-Feira Gorda e cada máscara presente é perpetuada nessas paredes.

Se eu não desprezasse tudo naquele lugar, talvez o achasse interessante.

PREDESTINADA

CAPÍTULO 20

Dank

A mãe de Pagan estava de luto. Eu podia ouvir a dor dela de lá de fora da casa. Eu havia ficado fora por dois dias, tentando descobrir uma forma de entrar em Vilokan, mas Pagan não ia querer a mãe lamentando a sua morte. Ela não ia querer saber que a mãe estava tendo um colapso. Naquele momento, era a única coisa que eu poderia fazer por ela e, em troca, eu poderia descobrir se havia algo de que a mãe dela se lembrava sobre a noite na cabana da médica vodu.

Ela esperaria que eu batesse à porta. Ela me via como namorado da Pagan. Se queria que ela acreditasse que eu não era humano, teria que chegar de uma forma diferente. Eu só esperava que não a assustasse demais.

Apareci no banco de bar bem diante da mãe de Pagan. Ela estava sentada à mesa com uma xícara de café. Eu podia sentir o cheiro do uísque na bebida. Olhos fundos realçados com olheiras escuras causadas pela falta de sono se ergueram para encontrar os meus. Por incrível que parecesse, ela nem sequer titubeou. Em vez disso, olhou direto para mim e me avaliou em silêncio. Não havia marcas de lágrimas escorrendo pelo rosto dela. Já tinham sido todas derramadas e seu rosto era só perda e tristeza. Eu tinha visto essa expressão em outras mães quando elas enfrentavam a morte do filho, mas a dor dessa mãe fazia doer o meu peito. Talvez porque eu também sentisse aquela dor. Embora eu soubesse que Pagan não estava morta, ela havia partido. Por enquanto.

— Dank — disse ela, enfim. A voz estava rouca pela falta de uso.

— Sim — respondi, esperando que ela dissesse mais alguma coisa.

Ela não prosseguiu de imediato. Sua cabeça se inclinou e a mulher buscou em meu rosto respostas para as perguntas que eu sabia que estavam se acumulando em sua mente. Ela pensava que tinha bebido até dormir e que estava sonhando. Talvez tendo alucinações. Várias explicações passaram por seus pensamentos nebulosos.

— Como você...? — Ela se calou, sem saber bem o que dizer. Como eu tinha aparecido ali do nada? Eu ainda podia enxergar a incerteza em seus olhos.

— Porque não sou humano. Sou algo mais. — Deixei que ela compreendesse a informação.

Ela deu um suspiro cansado e empurrou o café e o uísque para longe.

— Bem, acho que já bebi demais.

— Não sou uma alucinação. Estive aqui na sua casa por muitas noites desde o momento em que a alma de Pagan foi marcada para morrer. Olhando por ela.

— Você sabia que ela ia morrer? — Sua pergunta foi um misto de raiva e confusão.

Balançando a cabeça, eu prendi o seu olhar.

— Não. Pagan não está morta. Não permiti que ela morresse meses atrás no acidente de carro, que deveria ter ceifado a vida dela. Sua filha também não morreu quando o carro caiu da ponte.

Empurrando-se para longe da mesa, a mãe de Pagan se levantou.

— Preciso ir para a cama. Não estou conseguindo dormir e agora estou enlouquecendo — ela murmurou.

Eu me levantei e entrei na frente dela, detendo-a.

— Não. Você não está. Eu sou de verdade e estou dizendo que Pagan está viva. A alma dela ainda está no corpo. No entanto, o espírito vodu para quem você a vendeu quando ela era criança tem direito sobre ela e, nesse exato momento, ele está com a Pagan. Preciso que você me ouça, que acredite em mim e me ajude.

Devagar, o rosto da mãe de Pagan foi da descrença ao horror. Recuando até as pernas atingirem a poltrona de couro às suas costas, a mulher se deixou cair no móvel, e então ela compreendeu. Eu não sabia se ela acreditava ou não, mas ela sabia que havia verdade nas minhas palavras.

— Espírito vodu — ela sussurrou, hesitante.

— Isso, aquele para quem você ofereceu a alma de Pagan quando a levou para que a médica vodu salvasse a vida dela.

Ela balançou a cabeça e ergueu os olhos de novo para os meus.

— Nunca prometi a alma dela. Jamais faria algo assim. Só pedi que eles fizessem alguma mágica especial ou uma poção milagrosa que a curasse. A enfermeira... a enfermeira disse que a avó poderia nos ajudar. Eu estava desesperada e disposta a tentar qualquer alternativa, porque a medicina tradicional não estava funcionando. Cheguei à conclusão de que as ervas e os remédios naturais que a velha tinha poderiam ter alguma chance de fazer o que os médicos não conseguiram. Eu nunca... jamais... prometi a *alma* dela.

Os humanos eram tão alheios aos poderes sobrenaturais que os rodeavam. Tantos acreditavam que para tudo havia uma explicação fácil. Os conceitos de poderes e magia eram tão exagerados que eles presumiam que se tratava de uma cura natural. Que uma explicação médica daria conta de tudo.

— Vodu não são ervas e fitoterápicos. É uma religião. E se torna poderosa pelos espíritos malignos quando os humanos acreditam neles. Se não acredita, eles não podem te fazer mal, mas, se você sequer confiar neles para atender ao seu pedido, estará em dívida com o espírito que te atender. Você queria salvar a vida da sua filha, e só há um espírito vodu que poderia conseguir essa façanha, um bem poderoso. Aquele que governa os espíritos dos mortos pode dar a vida. Ele gosta de garantir a vida de crianças, mas não por ser malévolo, e sim porque, dessa forma, ele vira dono da alma delas. Você pediu à médica vodu para fazer o que fosse necessário, mas ela mesma nada podia fazer. A mulher é só um receptáculo dos espíritos vodu, no entanto, Guedê, o governador dos espíritos dos mortos, podia fazer alguma coisa. E ele fez. Ele deu a vida a Pagan quando o destino dela era a morte. A alma dela estava fadada a uma vida curta dessa vez. A próxima teria sido mais longa, mas essa vida deveria findar. Você permitiu que o mal mudasse essa sina, pois não estava disposta a abrir mão dela. Agora, Guedê veio reivindicar o que é dele por direito.

Ela não falou de imediato. Observei as minhas palavras atingirem o alvo, e ela digerir tudo o que eu tinha dito. Não era fácil para os humanos entenderem. Ao menos, não os espirituais, mas eu esperava que, por ela ter experimentado o poder do vodu anos atrás, pelo menos fosse abrir a mente.

— Você está me dizendo que Pagan está com... ela está no...

— Vilokan, o além ou reino espiritual onde residem os espíritos vodu. Ela está lá na sua forma humana. Eles não podem tirar a alma dela sem a Morte, e eu posso te garantir que a Morte não ceifará a alma dela.

— Explicar que eu era a Morte seria exigir um pouco demais. Ela já tinha recebido tudo com o que sua mente poderia lidar.

— Como eu...? O que eu faço? Se ela está em Vilokan, há uma forma de eu pedir para que ela volte? Qual? Como eu conserto isso?

— Você não pode, mas eu, sim. Só preciso que você pense naquela noite. Desde o instante em que a enfermeira apareceu e te conduziu ao momento em que Pagan foi curada. Então eu preciso que se lembre da infância dela. Havia um garotinho, um loiro, que apareceu várias vezes na vida dela. Preciso que se esforce muito para se lembrar dele e que me conte tudo. Mesmo se achar que algo não seja importante. Eu preciso saber.

Ela fez que sim, e então franziu a testa.

— E eu não estou dormindo, e esse não é um sonho?

— Não, você está bem acordada. Na verdade, por que não faz uma xícara de café sem uísque dessa vez? Preciso que fique o mais alerta possível.

— Tudo bem, vou fazer, é... você bebe café? — ela perguntou ao se virar para me olhar.

— Não, obrigado. Estou bem assim — assegurei, e ela se apressou a providenciar a bebida. Eu me levantei, fui até a lareira e peguei uma das muitas fotos de Pagan que estavam lá. Ela sorria feliz para a câmera, com os braços nos ombros de Wyatt e Miranda. Passei o polegar sobre o sorriso encantador e, então, devolvi a foto ao lugar.

— Acabei de pensar em uma coisa. A mãe da Miranda disse que Leif estava no carro com ela, e ele também está desaparecido.

Sem me virar para olhá-la, eu respondi:

— Sim, foi o que imaginei, já que Leif é o filho de Guedê.

O arquejo alto seguido pelo barulho da xícara atingindo o piso me lembrou que eu estava lidando com uma humana. Uma que, ao contrário de Pagan, não tinha passado a vida vendo almas. Eu precisava monitorar com mais cuidado o que dizia.

Pagan

Quando me permiti pensar em Guedê, jamais tinha imaginado o que eu estava vendo na cabeceira da mesa de seis metros de comprimento. Recostado com um sorriso sinistro, estava um sujeito alto com uma cartola preta, óculos escuros e dois cigarros pendendo da boca. Pelo que eu podia dizer, ele usava uma casaca. Os dois pés estavam sobre a mesa, enquanto ele se reclinava na imensa cadeira de mármore esculpido e cetim, que mais me lembrou de um trono em um filme de princesa. Só que, como a maioria dos itens naquele cômodo, ela era preta.

Leif nos alocara bem em frente a ele, e sorria orgulhoso como se tivesse trazido seu bem mais precioso para impressionar o pai.

Uma mulher escassamente vestida colocou um imenso cálice de prata na minha frente e temi que os seios dela fossem saltar no meu rosto. Eu estava com medo de comer ou beber qualquer coisa que um bando de espíritos vodu comiam, mas, por outro lado, eu queria ver Wyatt. Então me forcei a pegar o cálice e o levei aos lábios. O fedor queimou o meu nariz, e eu logo o coloquei de volta na mesa. Eu não beberia aquilo de jeito nenhum.

A risada alta me assustou, e arranquei o foco da bebida nojenta para ver Guedê batendo na mesa com uma mão e rindo incrivelmente alto sem nenhuma vez derrubar o cigarro da boca.

— Ela me diverte, filho! — ele berrou, e o resto dos convivas à mesa se juntou à risada dele.

A mão de Leif pegou a minha debaixo da mesa em uma tentativa de apertá-la, mas a puxei rapidamente. Não queria que ele me tocasse.

— Não gosta do rum, não é, menina? — Guedê declarou para o resto da mesa ouvir. Rum. Então era aquela a bebida. Não, eu não gostava de rum.

— Não — respondi, incapaz de segurar o olhar penetrante mesmo com os óculos escuros postos sobre ele. Ainda dava para senti-lo.

— Ah, precisamos dar um jeito nisso.

Muito improvável.

— Ela poderia ficar só no refrigerante, pai? — perguntou Leif, e para variar, fiquei grata pela presença dele. Minha boca estava muito seca.

— Pode. Traga refrigerante para a menina — ordenou ele a uma das mulheres que estavam de pé ao redor da mesa, esperando para cumprir suas ordens.

— Obrigada — consegui dizer com a voz estrangulada. *Wyatt*, lembrei a mim mesma. Eu fazia aquilo pelo Wyatt.

— Ah, ela tem bons modos. Escolheu bem, filho. Gosto dessa aí.

Leif sorriu ao meu lado, e eu tive ânsia de vômito.

— Essa aí — anunciou Guedê bem alto para o resto da mesa — se apaixonou pelo Dankmar. Isso mesmo. — Ele desfrutou da reação de surpresa dos outros.

Espiei ao longo da mesa pela primeira vez desde que havia me sentado e tive que me forçar a não ser muito óbvia com o meu assombro. Ao menos meu vestido não se destacava. Cada mulher à mesa usava um estilo similarmente antigo. No entanto, os seios delas eram muito maiores, por isso o decote chegava mesmo até o nariz. Respirei fundo quando observei um dos homens puxar o vestido de uma delas até que todo o seio saltasse à mostra. Desviando o olhar, analisei o outro lado da mesa. Todos os homens vestiam smoking e vários usavam máscaras pretas. O penteado das mulheres era alarmantemente alto. Cachos empilhados a pelo menos trinta centímetros enfeitados com joias reluzentes, penas e outros itens presos à mistura. Todas bebiam com vontade e soltavam risadas ainda mais estridentes. Um grito agudo fez os meus olhos se voltarem para o outro lado da mesa e observei enquanto o homem que puxara o decote da mulher para baixo agora a tinha sentado na beirada da mesa e empurrava o vestido para cima, o que era uma façanha com todo aquele tecido, e ela estava abrindo as pernas e guinchando de deleite. Quando o homem começou a abrir a calça, fechei os olhos e virei a cabeça para olhar a parede atrás da cabeça de Leif. Bom Deus, eles estavam prestes a... *mandar ver* ali na mesa. Com o que eu tinha concordado?

— Pai, por favor, Pagan não está acostumada a esse tipo de comportamento. O senhor poderia impedi-los por hoje? — perguntou Leif ao meu lado, e eu quis enterrar o rosto no ombro dele e começar a cantarolar para abafar os grunhidos do homem que estava a poucos metros de mim.

— O quê? O sexo é parte da diversão. Você quer que eu fique sem o sexo? O que é uma festa sem os prazeres da carne, sim? *Não*, essa é a resposta.

A mulher começou a gemer alto e a gritar palavras que eu nunca tinha ouvido antes. O braço de Leif rodeou o meu ombro, e eu usei a lateral do corpo e os braços dele para abafar minhas orelhas enquanto meus olhos permaneciam fechados.

— Sinto muito, Pagan — sussurrou ele no meu cabelo.

Se ele sentisse, não teria me chantageado para vir a esse lugar. Não era uma refeição, era uma... uma... maldita orgia. Mais gemidos se juntaram e eu me encolhi, horrorizada, enquanto as mulheres gritavam vulgaridades e, os homens, descrições sórdidas. Aquilo não era nada do que eu tinha imaginado.

— Pai, por favor, o senhor pode nos dar licença? — pediu Leif.

— Humpf, creio que sim. Não quero pôr fim à minha festa. Leve a menina, e eu mandarei a comida para vocês.

Aliviada, dei um salto, tomando o cuidado de não olhar para a mesa, e permiti que Leif me conduzisse para fora dali e de volta para a segurança do amplo corredor.

— AimeuDeus — sussurrei, horrorizada. Minha mente ficaria traumatizada por toda a eternidade.

— Eu sinto muito. Esperei que a sua presença fosse fazer o meu pai se conter, mas...

— Mas ele é um baita pervertido — terminei por ele.

Leif começou a abrir a boca, mas eu o cortei.

— Não. Não me importo com o que devo e o que não devo dizer sobre ele aqui. Essa foi a experiência mais revoltante da minha vida, e você me deixou ir direto para ela. Sem nenhum aviso, sem nem me preparar.

— Se eu tivesse dito, era capaz de você não ir, e o meu pai teria que te castigar.

— E aquilo não foi castigo?

— Não, ele acha aquilo divertido. Ele é o espírito vodu de muitas coisas. O erotismo é uma delas.

— Eca, ai, eca. — Balancei a cabeça e comecei a ir em direção ao quarto em que eu estava antes.

— Não quer ir dar uma olhada na biblioteca? — ofereceu Leif.

Pensei no que eu tinha acabado de ver e a ideia de que o acervo da biblioteca era noventa por cento composto por pornografia cortou completamente o clima.

— Não, prefiro lavar os olhos e as orelhas com água sanitária — retruquei.

— E quanto ao Wyatt?

Ele jogou o trunfo. Eu parei e lancei um olhar furioso para ele. Eu odiava o fato de ele ter algo para usar contra mim.

— Se estivesse mesmo arrependido por causa dessa noite, você o mandaria para falar comigo.

Leif fez que sim.

— Combinado. E também vou trazer comida. Comida normal e um refrigerante.

Não discuti porque eu tinha certeza de que, assim que o meu estômago se recuperasse daquela cena nojenta que eu havia testemunhado, eu estaria com fome. Fazia tempo que eu não comia.

— Vire à próxima direita, é a terceira porta à direita — Leif deu as coordenadas. Eu era boa em me localizar, então não precisei que ele me lembrasse, mas assenti mesmo assim e apertei o passo. Agora eu estava com medo do que poderia testemunhar nesses corredores.

A porta era de um roxo-escuro com uma imensa caveira preta esculpida em mármore bem no meio dela. Eu não tinha prestado atenção àquilo quando saímos de lá. Girei a pesada maçaneta e entrei.

Era triste o lugar ser reconfortante para mim. Eu o tinha odiado antes, mas agora, depois daquela experiência horrenda, decidi que precisava me familiarizar muito bem com aquele quarto, porque eu não voltaria a sair dele.

Olhei para o vestido e quis tirá-lo. A peça me lembrou das outras mulheres, e me senti suja por usá-lo. No entanto, eu não via as minhas roupas em lugar nenhum, e não ficaria nua.

PREDESTINADA

CAPÍTULO 21

A porta rangeu ao abrir às minhas costas, e eu me virei, esperando ver Leif com a comida, mas foi Wyatt que eu vi. Ele fechou a porta e um sorriso triste tocou os seus lábios. Ele era mais sólido do que as almas deveriam ser.

— *Oi, Pagan.*

Eu o encarei ao registrar que ele tinha acabado de falar dentro da minha cabeça.

— Wyatt, eu sinto muito — respondi, me aproximando dele.

— *Não é culpa sua, Pagan. Eu não entendi nada de início, mas Leif me visitou várias vezes e explicou tudo.*

— Não, é culpa minha. Se eu tivesse ido com ele quando ele me contou sobre a minha alma, você estaria vivo, mas eu não sabia. Se eu soubesse que eles levariam outra pessoa no meu lugar, eu jamais teria ficado.

— *Você pensou que a Morte consertaria tudo com o tempo.*

— Sim, pensei. Acho que agora você já sabe sobre o Dank.

Wyatt fez que sim e estendeu a mão e, embora eu não tivesse certeza se a minha passaria direto por ela ou se ele era tão sólido quanto parecia, estendi a minha para pegá-la. A mão firme e gelada sobre a minha me surpreendeu.

— *Você não é como as outras almas. Elas não podem falar e não são sólidas.*

— *Acho que é por causa de onde estamos. Aqui, Guedê deixa as coisas conforme ele deseja. Creio que ele... é...* — Wyatt se calou e afastou o olhar. Ele parecia quase envergonhado e, aos poucos, o jantar de hoje voltou à minha lembrança, e eu percebi o que ele tentava dizer.

— Ele usa as almas para a própria diversão? — perguntei.

Wyatt deu uma olhadela para trás de mim e fez que sim. Meu estômago voltou a embrulhar. Será que Guedê tinha usado Wyatt para aquele fim? Eu ia vomitar.

— *Não, Pagan, ele não me forçou a fazer nenhuma... dessas coisas. Eu só observei. Creio que a minha idade me poupa da experiência, não tenho certeza.*

Eu me recostei na lateral da cama e fiquei fraca de alívio.

— *Ele pretende te manter aqui, sabe?*

Voltei a olhar para Wyatt e fiz que sim.

— Sei. Eu só queria que houvesse um jeito de eu te tirar daqui. Não é justo você ter que permanecer aqui, agora que aceitei vir. Já estou na posse dele. Eu não vou embora.

— *Como está a Miranda?* — indagou Wyatt, e a dor nos olhos dele me trespassou.

Eu me lembrei dela sentada na cama com os bilhetes dele ao redor, segurando o ursinho que ele lhe dera. Eu não podia dizer o quanto ela lamentava a morte dele. Seria demais.

— Ela está bem. Sente muita saudade de você, mas está melhorando dia a dia — eu o tranquilizei.

A expressão dele caiu.

— *Isso foi antes. Quando ela tinha você. Agora ela perdeu a nós dois.*

As palavras não ditas que perduravam no ar entre nós eram densas e dolorosas.

— Ela é mais forte do que você pensa — assegurei a ele, mas a lembrança do corpo bêbado dela cambaleando para fora do cemitério contava outra história.

— *Espero que sim.*

Eu podia dizer, por sua voz, que ele não concordava. O meu amigo estava certo, é claro. Miranda era uma flor frágil que precisava de atenção e cuidados especiais. Wyatt sempre soube disso e tinha feito de tudo para dar à namorada exatamente o que ela queria. Eu o amava por isso.

— *Ele está vindo* — disse Wyatt, encarando a porta.

— Você pode ficar? — perguntei. Não estava pronta para vê-lo ir embora.

— *Não, mas eu volto.*

— Fique. Peço a ele para deixar.

Wyatt balançou a cabeça.

— *Eu não quero, Pagan. Não quero ficar perto dele.*

Eu entendia. Leif tinha tirado tudo de Wyatt. Seu futuro. Sua eternidade.

— *Tchau, Pagan.*

— Tchau.

Leif abriu a porta e Wyatt passou por ele sem dizer uma única palavra.

Franzindo o cenho, Leif fechou a porta, foi até a mesa ao lado da cama e colocou lá uma bandeja de prata cheia de itens que reconheci, como queijo, biscoitos, morangos, pãezinhos, carne de porco desfiada e cookies com gotas de chocolate.

— Ele não gosta muito de mim — murmurou Leif, ao me entregar um prato grande de porcelana.

— É, ele não gosta, mas quem o culparia? Você tirou a eternidade dele. E agora ele está preso aqui para sempre. — A raiva que envolvia as minhas palavras o fez se encolher.

— Eu não tomei a alma dele, Pagan. Foi o meu pai. Eu não tinha ideia de que ele faria isso. Guedê não dá satisfações a ninguém no nosso reino. Ele toma as decisões que bem entende, se lança a tudo o que é prazeroso e corrompe atividades agradáveis, transformando coisas que deveriam ser boas e satisfatórias em depravação. Nada do que eu diga pode detê-lo. Eu era uma criança quando ele me pediu para escolher uma alma. Eu não tinha ideia do que aquilo significava. Escolhi você. Na época, eu não sabia o que isso queria dizer. Você pode me odiar, mas, por favor, entenda que eu não sou o meu pai.

Ele podia não ser o pai, mas não tivera a coragem de enfrentá-lo. Ele era fraco, mas eu sempre soubera disso, não? Até mesmo quando eu pensava que ele era humano, Leif tinha sido fraco. Ele nunca aceitava de verdade a responsabilidade por seus atos. Ele sempre nos fazia sentir como se suas desculpas fossem tão preciosas e especiais que a gente seria idiota por não aceitá-las. O carisma lhe dava muita vantagem.

Quem ele era exatamente? Se o pai dele era Guedê, então quem era Leif?

— Quem é a sua mãe?

Leif parou de fazer o prato. O morango em seus dedos caiu e ele deu um suspiro cansado, antes de erguer os olhos para olhar para mim através dos longos cílios loiros.

— Minha mãe é Erzulie. Ela é a razão para a minha pele ser clara e eu ter o cabelo loiro. Ela é a deusa vodu de muitas coisas, entre elas o amor... e a vingança. Ela tem muitos amantes e gosta das mesmas coisas que o meu pai. Eu a vejo às vezes, mas a maior parte do tempo eu vivo com ele. Ela nunca quis ter um filho, mas eu não sou o único. Ela tem vários, muitos deles vagando pela Terra. Ela não se abstém de levar humanos para sua... cama.

A mãe dele era uma ensandecida deusa vodu do sexo. Que maravilha.

Coloquei um pouco de carne de porco no pão e mastiguei, enquanto compreendia a informação. Eu nunca tinha questionado a cor de Leif até aquela noite. Quando vi que o pai dele tinha a pele negra, fiquei surpresa, mas, na hora, eu estava um pouco chocada com a orgia que estava se desenrolando na nossa frente, e isso meio que teve precedência em relação a outros estranhamentos. Depois de ter dado um longo gole na lata de Coca-Cola que Leif trouxe, eu o analisei por um momento.

— Você também não fala igual ao seu pai. Ele tem um pouco de sotaque da Louisiana.

Leif deu de ombros.

— Passei a maior parte da vida atrás de você. Adotei o seu sotaque para poder me encaixar na sua vida. Não quis parecer um forasteiro para você.

— Então todos aqueles sonhos que eu tive eram reais? Aquelas coisas aconteceram mesmo? Há mais memórias que esqueci?

Leif olhou fixamente para a comida em seu prato. Em seguida, fez um leve movimento de ombros.

— Talvez mais algumas.

Ele estava mentindo. Ele nem sequer conseguia olhar para mim.

— Mais algumas? Isso é tudo?

Colocando o prato sobre a mesa, Leif ficou de pé e começou a andar para lá e para cá. Observei enquanto comia o queijo e os biscoitos do meu prato. Eu tinha a sensação de que não ia gostar da resposta, e decidi que era melhor eu comer agora antes que perdesse o apetite de novo.

— Estive com você muitas vezes durante a sua vida. Quando você estava triste ou sozinha, eu estava lá. Quando estava em perigo, eu estava lá. Era o que eu fazia. Meu pai disse que você era minha e que eu deveria te proteger. Foi o que fiz. Sinto muito por você não se lembrar. Não era algo que eu fazia de propósito, é só porque não tenho alma, e a sua alma não pode se lembrar de mim por muito tempo quando não estou perto.

— Por que você queria que eu me lembrasse dessas vezes? Das que você escolheu para eu sonhar?

Leif parou de andar e colocou as mãos na grade aos pés da cama. Seus intensos olhos azuis perfuraram os meus.

— Porque foram as vezes em que eu me apaixonei um pouco mais por você.

Não. *Nãonãonãonãonão*. Eu não queria que ele me amasse. Eu queria que ele me deixasse.

— Você não me ama, Leif. Se me amasse, jamais teria sido capaz de me prender contra a minha vontade.

Leif resmungou frustrado e jogou as mãos para o alto.

— Eu te disse que não posso controlar o meu pai. Ele salvou a sua vida. Ele é o seu dono, Pagan.

— Ninguém é meu dono.

Leif balançou a cabeça.

— Não quero discutir com você. Não hoje. Vamos só comer, tudo bem? — Ele voltou para onde estava e pegou o prato.

Comi até finalmente estar satisfeita e, então, bebi cada gota do meu refrigerante. Eu não sabia quanto tempo levaria até eu ter a chance de voltar a comer. Porque não havia como eu voltar para aquela sala de jantar. Eles podiam me matar de fome que eu nem me importaria.

— Você está satisfeita? — perguntou Leif, ao se levantar e colocar os pratos na bandeja.

— Estou. — Aquela seria a única resposta que ele arrancaria de mim.

Leif se virou para sair, mas então parou. Os ombros se ergueram com um pesado suspiro e ele olhou para trás, na minha direção.

— O que posso fazer para te convencer de que eu te amo? Qualquer coisa, exceto te deixar ir embora; porque isso eu não posso. Faço qualquer outra coisa que você pedir. Quero que você aceite isso. A nós dois. Só me diga.

Eu o encarei e soube o que precisava fazer para tornar a minha eternidade mais suportável.

— Libere Wyatt para um transportador. Não o mantenha aqui.

— Se eu conseguir convencer o meu pai a despachar Wyatt para um transportador, você acreditará que eu te amo e vai fazer as coisas darem certo entre nós?

Senti o nó se formar na minha garganta por causa da promessa que eu estava prestes a fazer. Eu estaria jogando fora a mínima esperança que eu tinha de que Dank fosse me salvar, mas a alma de Wyatt estava em jogo por minha culpa.

— Vou, se você entregar a alma de Wyatt para um transportador e se eu vir isso acontecer. Assim que eu souber que deu certo e que a alma dele está onde deve estar, ficarei com você. Vou fazer o que estiver ao meu alcance para te fazer feliz. Para nos fazer felizes.

O rosto de Leif se abriu em um sorriso pela primeira vez naquela noite.

— Temos um acordo. Descanse um pouco, Pagan. Amanhã é um novo dia, e mal posso esperar para começar a eternidade ao seu lado.

Eu não poderia concordar com ele, já que tinha acabado de estilhaçar o meu próprio coração.

Dank

De pé diante do prédio em ruínas da escola, devastado pelo tornado que acabara de assolar toda a cidade, eu não podia me concentrar na minha obrigação. Precisava procurar pela entrada de Vilokan, mas havia almas a levar. Espreitei pelo edifício atingido pelo luto, puxando almas de corpos de crianças e professores. Vários transportadores seguiam no meu encalço. A cada vez que eu passava por uma criança cuja alma não precisava ser ceifada, eu agradecia. Mais uma vida tinha sido poupada naquela tragédia.

Prossegui por cada prédio e casa sem mais contar as almas enquanto eu as tomava. Só levou alguns momentos e eu estava de novo caminhando pelas estradas lamacentas da Nicarágua, ceifando almas de mulheres e crianças doentes que nunca nem tiveram chance. Barracos de papelão e chão de terra cobriam o lugar. Não havia água potável por quilômetros. Tanta pobreza ali enquanto outros lugares tinham tanta abundância.

Países, continentes e causas diferentes, todos piscavam diante de mim, enquanto eu arrebatava as almas dos corpos. A morte era frequente. Era um vazio negro pelo qual antes eu caminhava sem alegria. Então, Pagan entrou no meu mundo e consertou tudo. Ela fez o vazio me deixar e me deu razão para existir. Agora, ela havia partido. Eu tinha falhado com ela. Eu a havia perdido e estava prestes a invadir as ruas de Nova Orleans e não deixaria pedra sobre pedra até encontrar o portal pelo qual eu procurava.

— Dankmar. — A voz de Gee me chamou, e eu me desviei da minha tarefa e a fulminei com o olhar.

— O que foi? — rosnei com raiva. Vê-la só me fazia lembrar de Pagan. A minha Pagan.

— Guedê vai liberar a alma de Wyatt para um transportador. O Criador me invocou. Ele me disse para te alertar e que você poderia fazer o que quisesse com a informação.

— Onde? Quando? — perguntei, enquanto a esperança se avultava no meu peito.

— Hoje à noite. Ele quer que seja feito o mais rápido possível.

Por quê? O que ele pretendia?

— Onde? — exigi.

— Na Bourbon Street.

Então o portal ficava na Bourbon Street.

— Preciso que todos os transportadores nos acompanhem. Você os reúne, eu cuido do resto.

Gee correu para me acompanhar enquanto eu caminhava pela rua, indo em direção a uma igreja católica onde um padre tinha acabado de pôr fim à vida. Eu cuidaria daquela alma, em seguida, reuniria as tropas.

— Por quê? O que você vai fazer?

— Eu vou arrebentar com o Inferno. É isso o que eu vou fazer.

— Você quer dizer o Vilokan?

— É a mesma coisa.

CAPÍTULO 22

Pagan

Eu estava cansada daquele quarto. Mesmo as enfermeiras sendo legais, eu sentia falta do meu próprio quarto. Eu amava o meu cobertor rosa fofinho e as minhas Bratz. Eu perguntei para a mamãe se ela podia ir pegar as bonecas, mas ela disse que era muito longe. Ela não queria me deixar por tanto tempo, e eu também não queria que ela ficasse muito tempo longe. Agora que a vovó tinha voltado para casa para ir ao médico, éramos só a mamãe e eu. Ela tinha ido pegar café e algo quente para comer, ela me disse. Eu sabia que ela não dormia muito bem na cadeira ao meu lado, que virava uma cama, mas eu estava feliz por ela ficar. Eu tinha medo à noite. O quarto ficava tão escuro e, às vezes, a minha porta abria, mas não havia ninguém lá. Mamãe dizia que fantasmas não existiam, mas eu não tinha tanta certeza.

Eu já estava com saudade da minha avó. Ela lia historinhas para mim todo dia de manhã. Eu queria pedir à mamãe para ler uma história hoje, mas os olhos dela pareciam tão sonolentos. Enfiei a mão debaixo do travesseiro e peguei o broche de coração bonitinho que a vovó tinha deixado para mim. Eu sempre havia gostado dele e ela o usava nas suas camisas elegantes. Ela dizia que o meu avô tinha dado o broche para ela no dia do casamento deles, e que ela agora era dona do coração dele. Era algo bobo de se dizer, mas pareceu meio fofo. Eu entendia agora, porque eu tinha o coração da minha avó. Eu sempre poderia lembrar que ela me amava.

A porta se abriu e um garoto que eu não conhecia entrou. Ele não estava de roupa branca nem azul, então não era nem médico nem enfermeiro. O cabelo escuro era meio longo na frente e se curvava um pouco nas pontas. Olhos muito azuis me observaram, e eu o encarei em resposta. Ele tinha cílios longos como os de uma menina, mas usava uma jaqueta de couro preto, jeans rasgado e botas pretas, então ele não era muito feminino. Será que ele e o irmão mais velho de alguém e tinha se perdido?

— Oi, Pagan — disse ele, com uma voz profunda e calorosa que me deixou à vontade.

— Oi. Como você sabe o meu nome?

Ele meio que riu um pouquinho.

— Porque estou aqui para conversar com você.

— Eu não devo falar com estranhos — respondi, balançando a cabeça e apontando para a porta. A mamãe vai ter um ataque quando voltar e o encontrar aqui.

— Isso é verdade, mas não sou bem um estranho. Você vai me ver de novo em breve. Estou aqui para te explicar uma coisa, e preciso que preste atenção, tudo bem?

Fiz que sim.

— Seu corpo está doente. Os médicos não serão capazes de te fazer melhorar, mas o seu corpo é só uma concha. Você é uma alma. Quando esse corpo fica doente demais, a alma precisa deixá-lo, e é aí que eu apareço. Vou estar aqui para te tirar do seu corpo doente e então vou te entregar para uma moça muito bonita que vai te fazer lembrar de uma princesa das fadas. Ela vai te levar para um lugar onde te darão um corpo novo.

— Mas como a mamãe vai me reconhecer se eu estiver em um corpo diferente? Ela só conhece esse aqui.

— Isso é verdade. Olha, a vida que você tem agora vai morrer. Você se lembra de quando o seu avô morreu?

Confirmei balançando a cabeça.

— Bem, a alma dele deixou o corpo e ele foi levado. Então ele recebeu um corpo novo. Uma vida nova. Na sua próxima vida, a sua alma estará perto da alma da sua mamãe e das almas de todas as pessoas que você ama. As almas são conectadas a cada vida. Você não se lembrará dessa aqui, mas a sua alma se lembrará das almas que ela ama.

Então eu não teria que ficar sentada e esperar a mamãe aparecer *no Céu? Eu voltaria e a veria de novo?*

— Ok.

O garoto pareceu feliz com a minha resposta.

— Boa menina. Agora, da próxima vez que você me vir, vai saber que chegou a hora. Você virá comigo. Não tente ficar com o seu corpo porque você vai querer ter outra vida, tudo bem?

Eu não entendi direito, mas concordei mesmo assim. Então eu me lembrei do coração bonitinho da vovó. Eu o apertei com força e perguntei:

— Você pode levar isso aqui e me entregar quando a minha alma deixar o meu corpo? Quero ficar com ele.

O garoto franziu a testa e pegou o coração rosa na minha mão estendida.

— Acho que sim — respondeu ele.

Observei enquanto ele o guardava no bolso.

A porta se abriu e minha mamãe entrou.

— Oi, querida. Eu trouxe um pouco daquele suco de laranja que você gosta — ela disse com a sua voz feliz. Olhei para o cara, e ele levou o dedo aos lábios e balançou a cabeça, então, desapareceu.

— O que é isso? — perguntei ao segurar o estranho vestido de seda que encontrei na cama quando acordei.

Leif abaixou uma bandeja abastecida com donuts, frutas vermelhas, chantilly, bagels, cream cheese e bacon antes de responder.

— É o vestido cerimonial que você usará hoje à noite.

— Hum, não. Prefiro o jeans.

Leif cerrou a mandíbula e se endireitou.

— Não, Pagan, você vai usar o que eu te disse para usar. Estou cansado desse seu comportamento difícil. Você concordou que, se eu fizesse os arranjos para a alma do Wyatt ser entregue ao transportador, você faria tudo o que pudesse para que as coisas dessem certo.

Bem, droga.

— Eu não sabia que você escolheria o que eu usaria de agora em diante, é só isso — resmunguei. Larguei o vestido preto na cama e estendi a mão para pegar um donut de creme.

— Eu sei, e normalmente eu não escolheria, mas haverá vezes que você terá que usar certas coisas. Essa é uma delas. Você estará comigo ao lado de Guedê, como minha princesa.

— Mas parece uma camisola — argumentei.

— Vai ficar lindo em você.

Voltei a olhar para o retalho de seda repugnante. Será que tudo em que Guedê punha a mão tinha que ser tão *sexual*?

— Vai te cobrir do jeito certo. Prometo, mas você precisa ficar confortável na própria pele. Aqui ela é adorada e apreciada. Há poucos que a cobrem. As únicas coberturas da pele são feitas para aumentar a atratividade, não escondê-las.

Eu queria o meu jeans. Agora. Só de ouvir Leif falar sobre a minha pele me dava coceira. Se ele esperava que eu fosse exibir o meu corpo para o depravado do pai dele, ele só podia estar louco. Concordei que faria aquilo dar certo, não que viraria uma prostituta.

— Vai levar tempo para se acostumar com tudo.

— Quando vamos entregar a alma do Wyatt ao transportador? — Eu queria muito mudar de assunto.

— Hoje à noite.

Ótimo. Eu tinha esperado que seria hoje. Pegando o cálice de prata, parei e o ergui em direção a Leif.

— O que há aqui?

— Suco de uva. É fresco e diferente de tudo o que você já provou — ele respondeu com um sorriso divertido.

Já que eu estaria ali pela eternidade, tinha que começar a confiar nele. Levei o cálice aos lábios e provei. O suco doce atingiu a minha língua e eu logo bebi mais. Ele estava certo. Era diferente de tudo o que eu já tinha posto na boca. O sabor rico despertou minhas papilas gustativas e me senti aérea. Sinos de alerta soaram na minha cabeça, então larguei a bebida e levei a mão à tigela de frutas.

— Foi uma overdose de açúcar, Pagan. Nada mais — disse Leif ao pegar o próprio cálice. Eu não tinha tanta certeza, mas, bem, eu também estava paranoica. Com bons motivos. — Quer receber uma visita de Wyatt antes que ele vá embora?

— Quero, por favor. — Consegui parecer educada ao falar dessa vez.

Era óbvio que isso tinha agradado Leif, pois ele deu um sorriso animado demais.

Terminei o café da manhã e esperei que Leif entendesse como uma sugestão para ele ir embora. Ele tinha batido e me acordado, perguntando se eu queria tomar café, e mal me dera tempo de eu vestir o roupão que ele havia me entregado na noite anterior junto com o pijama. Que era de flanela, graças a Deus.

Tive um sonho na noite anterior, uma memória que não tinha nada a ver com Leif. Ele não estivera na minha cabeça. Sonhei com o dia em que Dank tinha ido ao meu quarto no hospital e eu dera meu broche a ele. Lágrimas fizeram meus olhos arderem quando pensei no broche, que agora estava ao lado da minha cama em casa. Era a única coisa que eu queria ter sido capaz de trazer comigo.

— Vou levar a bandeja e volto em breve para te pegar. Talvez finalmente possamos dar aquele passeio — disse Leif, com a voz animada. Ele tinha muitos motivos para estar feliz. Ele tinha vencido.

— Você poderia pedir a Wyatt para vir me ver? — Isso era tudo o que me importava. Leif balançou a cabeça, concordando.

— É claro.

Ele fechou a porta e eu a encarei, odiando a visão e me perguntando se, algum dia, a situação ficaria melhor.

CAPÍTULO 23

— *Você os convenceu a me deixarem ir.*

A voz de Wyatt entrou na minha cabeça, e eu virei para vê-lo parado à porta.

— Sim, é o mínimo que eu posso fazer.

— *Mas e você? O que prometeu para fazê-los concordar com isso?*

— Nada que eu já não tivesse que fazer. Estou presa aqui com o Leif. Só prometi que não seria um pé no saco por toda a eternidade, se ele me concedesse um desejo.

Wyatt sorriu.

— *Você sabe muito bem como ser um pé no saco.*

— Olha só quem está falando, sr. Meninas Não Entram.

O sorriso de Wyatt ficou maior.

— *Você nunca vai esquecer disso, não é?*

— Não, e tenho uma eternidade para remoer o assunto.

O sorriso divertido esvaneceu. Eu não queria lembrar a nós dois o que nos aguardava.

— *Queria poder te levar comigo.* — A voz dele virou um sussurro.

— Eu também, mas as coisas são como são. É o meu destino. Não é o seu, e sou muito grata porque você será liberto.

— *Você acha que a Morte... é... o Dank virá?*

Eu duvidava que Guedê fosse deixá-lo chegar perto de mim, se fosse o caso. Além do mais, que bem isso faria? Eu não podia permitir que a Morte me levasse. Guedê tiraria a vida de outra pessoa que eu amava e voltaríamos ao mesmo problema.

— A vinda dele não fará diferença. Preciso pagar essa restituição.

Frustrado, Wyatt balançou a cabeça.

— *Isso é tão errado.*

Eu concordava cem por cento, mas acabaria me conformando. Forcei um sorriso.

— Você poderia fazer uma coisa por mim?

— *É claro* — ele respondeu sem pestanejar.

— Você diria a Dank que eu vou amá-lo para sempre? Que sinto muito não poder ir embora daqui. Estou protegendo aqueles a quem amo, mas penso nele todos os dias e cantarolei a música que ele fez para mim todos os dias antes de dormir.

Wyatt assentiu e deu um sorriso malicioso.

— *Isso é muito piegas para o meu gosto, mas tudo bem, acho que posso transmitir a mensagem.*

Revirei os olhos e ele riu. Era quase como se estivéssemos mais uma vez sentados um na frente do outro no refeitório.

— *Ele está voltando, e você sabe como eu me sinto sobre ele.*

— Eu te amo, Wyatt. Vou sentir saudade — gritei enquanto ele abria a porta.

Ele parou e olhou para trás, na minha direção.

— *Eu te amo também, Pagan. Também vou sentir saudade. Em todas as vidas.*

Fungando, eu consegui assentir antes de ele desaparecer pela porta.

Dank

— Sabe, Dankmar, quando você me disse que cuidaria de tudo, eu meio que pensei que talvez fôssemos ter reforços, mas você e um punhado de transportadores não são o bastante para acabar com todo um grupo vodu.

Eu tinha um plano, mas, para variar, Gee não precisava estar a par de tudo. Ela tinha feito o que pedi, e era o bastante.

— Deixa comigo.

— Estou esperando que você saiba de algo que não sei, porque não só estamos prestes a enfrentar um monte de espíritos vodu, como também faremos isso no território deles. Bem aqui, na meca vodu. Você alguma vez já ouviu o que dizem? "Vantagem de jogar em casa"? Bem, descreve muito bem a situação.

— Deixa comigo, Gee — repeti.

Com um suspiro cansado, ela marchou ao meu lado com centenas de transportadores em nosso encalço. Nós meio que parecíamos o diabo com suas legiões de tietes celestiais, mas não dei a mínima. Meu plano era bom. Ia dar certo ou eu teria mesmo que atacar Vilokan e derrubar cada espírito que se metesse no meu caminho. Eles tinham incitado a minha fúria; e, bem, agora teriam que lidar com ela.

Pagan

A porta abriu depois de uma rápida batida.

— Está na hora — anunciou Leif, sorrindo de orelha a orelha.

Eu queria muito arrancar aquele sorriso do rosto dele a tapas, mas, em vez disso, eu me ajustei na *camisola* preta que eu estava sendo forçada a usar e dei graças aos céus por ela ser longa.

— Vamos — concordei e segui para a porta. Ele me ofereceu o braço e eu balancei a cabeça. — Não, ainda não acabou. Você entrega Wyatt em segurança nas mãos do transportador e o tira daqui, e então eu cumpro a minha parte do acordo.

Leif pareceu pensar por um momento, então assentiu. Ao menos, ele estava sendo sensato.

— Vá na frente — falei, ficando para trás, assim que chegamos ao corredor. Eu não fazia ideia de para onde estávamos indo.

— Você sabe que é provável que Dankmar estará aqui, Pagan.

Sim, eu já tinha me preparado para isso. O instinto de correr para seus braços protetores seria forte, mas eu teria que me segurar. Vidas dependiam de mim. Vidas daqueles que eu amava.

— Imaginei que seria o caso — respondi sem qualquer emoção.

— Você compreende as consequências se for com ele.

— Compreendo, Leif. Sei que você matará todo mundo que eu amo e sugará a alma deles para viver na fornicação por toda a eternidade. Já entendi.

Leif parou e se virou para olhar para mim.

— Pagan, não se trata de mim. Já te disse que é coisa do meu pai, é assim que ele age. Eu não tenho controle sobre ele. Você não faz ideia do quanto precisei bajulá-lo para conseguir devolver a alma de Wyatt. E, para ser sincero, acho que a única razão para ele ter concordado é porque ele vê o valor do entretenimento de você se recusando a ir com Dankmar, e que ele é que vai controlar você.

Fiquei enjoada. Eu odiava muito o pai dele.

— Agora, entenda, por favor, toda dor que você sofreu não foi porque eu quis. Nunca tive a intenção de te machucar, sempre pensei que você seria minha, que a sua alma iria me querer. Caramba, quando chego perto de você, parece que seus olhos pegam fogo. Era para você me querer, mas, em vez disso, você o quer, mas você não pode ter o Dankmar, Pagan. Nunca foi para acontecer.

Abri a boca para gritar com Leif e dizer o quanto tudo aquilo era injusto, mas logo a fechei. Eu precisava parar de ficar com raiva dele. Essa era a minha vida agora, eu teria que aceitar em algum momento. Esse seria um bom dia.

— Tudo bem.

Leif ergueu uma sobrancelha.

— Tudo bem?

— Você me ouviu, Leif. Eu disse que tudo bem. Agora vamos.

Ele pareceu um pouco surpreso, mas assentiu e continuou a liderar o caminho. Nós viramos de corredor de máscaras em corredor de máscaras até chegarmos a duas portas enormes que estavam escancaradas, e pude ver a já conhecida Bourbon Street.

Passamos por outros habitantes que eu reconhecia do jantar da noite anterior, e me encolhi quando eles me lançaram sorrisos sádicos. Eu estava presa com esses pervertidos.

— Pare — ele sibilou para um dos homens que cobiçava os meus seios. Ele me puxou para si e, grata, segui com ele.

— Nossa, isso é algo que merece ser visto, não? — Guedê gritou quando entrou no imenso saguão.

Ele, mais uma vez, usava a cartola, os óculos escuros e a casaca.

— Não a deixe desconfortável, pai — rogou Leif.

— Quem, eu? — perguntou ele, achando graça. Observei-o erguer a mão e levar dois cigarros à boca, então ele voltou a atenção para as atividades que se desenrolavam lá fora. Já tinha visto aquilo antes, e não queria repetir a experiência.

Wyatt entrou no recinto flanqueado por duas mulheres praticamente nuas. Não era uma surpresa; eu estava começando a suspeitar que, exceto eu, cada mulher ali embaixo gostava de usar o mínimo possível.

Uma delas passou uma longa unha vermelha pelo meio da camisa de Wyatt, e então prosseguiu até o zíper da calça. Ele não titubeou, mas eu podia ver a tensão no seu rosto.

— Por favor, faça-as parar — sussurrei para Leif, que acompanhou o meu olhar.

Ele balançou a cabeça e se inclinou para mim.

— Se eu fizer uma cena, meu pai só vai piorar as coisas. Se você não quer ver uma das duas montarem no Wyatt bem aqui, então não diga nada. Wyatt sabe, por isso ele está tão parado.

Senti queimar quando engoli a bile na minha garganta e tive que desviar o olhar para longe deles. Roguei para que o transportador não demorasse.

As ruas lá fora, de repente, ficaram quietas e vazias.

— Ah, a Morte se aproxima. Os caídos devem ter corrido para se esconder — Guedê falou com a voz arrastada, e tirou os cigarros da boca para soprar aneizinhos de fumaça antes de voltá-los para onde estavam.

— O que ele quer dizer? — perguntei para Leif.

— Dank está perto. As almas das pessoas nas ruas o sentiram e fugiram. Ao contrário de você, os humanos não se agarram à Morte quando ela está em sua verdadeira forma. É claro, eles gostam do cantor Dank Walker, mas, quando ele está na pele da Morte, elas se escondem.

Observei enquanto as ruas escuras foram ficando mais claras. Sussurros e risadinhas às minhas costas me fizeram querer sair correndo porta afora, me afastando de tudo isso, mas Wyatt se agitou à minha esquerda e me lembrei da razão para eu estar ali. Ele me lançou um sorriso triste, e então Guedê fez um gesto para ele avançar.

Dank, acompanhado por mais transportadores do que eu já tinha visto, preenchiam as ruas diante das portas. Gee estava bem ao lado dele. A expressão feroz varreu a multidão lá dentro, e ela logo me encontrou. Balancei a cabeça para deixá-la saber que eu não iria para eles. Se eles tinham trazido todos esses transportadores para me levar, então estavam sem sorte, porque eu não iria com eles. Eu não podia.

— Ora, ora, ora, Dankmar e sua trupe. A que devo essa honra? — perguntou Guedê em uma voz alta e divertida.

— Você sabe por que estou aqui, Guedê — respondeu Dank, travando o olhar em mim. A determinação dura e fria em seus olhos virou fúria quando ele reparou no meu vestido.

— Tsc, tsc, tsc. Não sei o que quer dizer. Você disse para deixar a dama escolher — anunciou Guedê, animado, acenando na minha direção. — Ela escolheu.

Gee deu um passo na minha direção, e Dank estendeu o braço para segurá-la. Ele entendeu. Ela não, mas ele sim.

— Não. Você a forçou a escolher. Isso não fazia parte do acordo — rebateu Dank. A virulência na voz dele me fez tremer. Nunca o ouvi soar tão agourento.

— Aqui está a alma pela qual você veio. — Guedê empurrou Wyatt para Dank, e Wyatt foi com prazer.

Uma transportadora avançou e, na mesma hora, ela e a alma do meu amigo se foram.

— Agora, isso é tudo ou você gostaria de ceifá-la você mesmo? — Guedê se virou e fez sinal para eu avançar. — Venha aqui, Pagan — persuadiu ele.

Leif apertou o meu braço e me empurrou gentilmente na direção do pai. Tentei me fazer lembrar de que, se eu desse qualquer indício de que estava com medo, Dank me pegaria e poria um fim àquilo. Então eu perderia alguém. Eu tinha que ficar calma.

— Ceife-a, Dankmar — instigou Guedê ao me empurrar diante dele.

Os olhos de Dank perfuraram os meus. Ele estava tentando me dizer alguma coisa, mas eu não sabia o quê. Optei por fechar bem os olhos e lutar para ter forças, então os abri e olhei direto para ele.

— Eu quero...

— Ainda não te perguntei nada, Pagan. Guarde esse pensamento um pouco mais — ele me interrompeu. Seu olhar duro perfurou Guedê, que estava em pé atrás de mim. — Você mexeu com o cara errado dessa vez, Guedê. Você gosta da sua diversão, mas eu nunca fui do tipo que diverte.

Os transportadores começaram a se deslocar para os lados, cobrindo as ruas, quando homens enormes com espadas de verdade pendendo da cintura preencheram a rua atrás e ao lado de Dank. Arquejos, gritos agudos e outros sons horrorizados vieram de detrás de mim, mas eu fiquei congelada, impressionada, enquanto o exército ao redor de Dank crescia.

— Você trouxe os guerreiros por causa de uma garota? — A voz de Guedê soou incrédula.

— Trouxe. — Foi o que Dank se limitou a dizer. Ele deu um passo à frente e ergueu a mão para mim. Eu queria segurá-la e correr para ele, mas balancei a cabeça quando as lágrimas preencheram os meus olhos.

— Não posso — vacilei.

— Confie em mim — pediu ele.

Ouvi Leif dizer aquelas exatas palavras tantas vezes nas últimas semanas, mas nada do que ele tinha feito era digno de confiança. Dank era diferente. Ele era a Morte. Ele sabia as razões para eu estar com medo de partir, mas aquele "confie em mim" era o bastante. Dei um passo à frente e coloquei a mão na sua. Ele me puxou junto ao seu corpo.

— Péssima escolha, garotinha — sibilou Guedê, do outro lado da porta.

— Não, Guedê. Foi você quem fez uma péssima escolha. Não se toma o que é meu.

Dank baixou a cabeça e beijou a minha têmpora.

— Eu te amo, e cuidarei de tudo. Ninguém mais vai morrer. Confie em mim. Agora eu quero que você vá com a Gee e fique fora do caminho

— sussurrou ele no meu ouvido.

Fiz que sim, e rápido, joguei os braços ao redor do seu pescoço e o apertei com força antes de a mão de Gee envolver o meu braço.

— Anda logo. Você vai ter muito tempo para isso depois — disse Gee, ao me puxar para ir com ela. Soltei Dank e corri para alcançá-la antes que ela arrancasse o meu braço.

— Você tomou uma alma que era jovem demais para se defender. Uma alma que pertencia ao Criador. Você alterou o destino e decidiu brincar com um mundo que não é seu. Então, resolveu sair do seu reino e tomar outra alma conforme suas próprias regras. Agora eu te dou uma escolha, Guedê. Fechamos esse portal hoje, assim como os da África e do Haiti, onde os guerreiros agora estão montando guarda, e os selamos por toda a eternidade. O poder vodu terminará aqui e agora. Você ultrapassou um limite. — A voz alta e autoritária de Dank ribombou pelas ruas.

Embora eu estivesse afastada, bem longe da abertura e de onde Dank estava, eu tinha uma visão desobstruída do interior de Vilokan. O sorriso divertido de Guedê desapareceu.

— Ou você liberta a alma da Pagan e a libera de qualquer restituição. Permaneça longe dela e da família por toda a eternidade e fique como está, mas eu te aviso, se eu vir o seu filho, você ou qualquer um dos seus espíritos remotamente perto da Pagan, vou acabar com essa religião. Não haverá uma segunda chance. A escolha é sua.

Guedê se virou e olhou para Leif, cujo olhar encontrou o meu. O pai o estava deixando escolher. Senti um toque de compaixão pelo garoto que tinha feito parte da minha vida por tantos anos. Eu sabia que havia memórias que eu nunca recordaria de Leif aparecendo na minha vida quando eu precisava de alguém. Fiquei grata por aquelas vezes. Se ao menos ele fosse o cara sincero, puro e encantador que ele tinha parecido ser... mas ele era um produto do mal. Nada mudaria esse fato. Ele era fraco e egoísta, e nunca seria o bastante para mim. Meu coração jamais o amaria. Minha alma jamais o desejaria.

Então, ele respondeu:

— Deixe-a ir.

CAPÍTULO 24

Dank

O diáfano tecido rosa roçou suas pernas quando ela veio na minha direção. Apreciei a vista da entrada dela, em vez de ir até lá. Sandalhas altas de tiras prateadas envolviam os pequenos pés delicados. A bainha do vestido roçava a pele logo acima dos joelhos. A cintura era alta e o chiffon, acinturado com uma larga faixa de cetim. Bem em cima do seu coração, o familiar pingente de filigrana cintilou quando a luz atingiu cada pedrinha rosa. Não havia alças, e a pele macia dos ombros estava visível, assim como o decote elegante. Normalmente, eu gostava do seu cabelo solto, mas havia algo notável com toda aquela cabeleira castanha e sedosa presa no alto da cabeça, deixando o pescoço e os ombros nus.

Quando ela estava a poucos passos de distância, fui em sua direção e estendi a mão. Ela deslizou a dela na minha e a conexão das nossas palmas fez propagar uma onda de calor pelo meu corpo. O leve delineado em seus olhos fez o verde se destacar ainda mais. Fui arrebatado pela profundidade da sua beleza quando ela ergueu os olhos para mim. Depois de observar cada fração perfeita da sua aparência enquanto ela entrava no recinto, seria praticamente impossível a alma dela exceder a beleza exterior, mas, quando me afoguei na bela alma que vi com tanta clareza pela janela dos seus olhos, eu soube.

— Dank, precisamos ir para o palco, cara. Se ela já chegou, então vamos — Loose, meu baterista, me interrompeu. Fechando a cara, olhei ao redor e o encontrei. Os longos dreadlocks loiros pelos quais as meninas eram loucas, naquela noite, estavam presos em um rabo de cavalo. Fiquei tentado a erguer a mão e arrancar um da cabeça dele.

Pagan tinha acabado de chegar. A mãe dela a deixara ali para mim. Ela estava passando mais tempo com Miranda e a mãe desde que tinha voltado. Ambas pareciam precisar se assegurar de que ela estava mesmo viva. Quando ela havia "aparecido" na costa a alguns quilômetros do local do acidente, ficou sem memória por um tempo. Bem, aquela era a nossa história. Acreditavam que Leif tinha se afogado, mas a lembrança que tinham dele desapareceria em breve. Muitas pessoas já o tinham esquecido.

— Só estou dizendo que está na hora — queixou-se Loose.

Pagan riu ao meu lado.

— Tudo bem. Vá e agite a galera.

Deslizei a mão pela dela e a puxei para mim.

— Não sem que você vá lá para cima para que eu possa te ver. — Aquele era o baile dela também, mas eu não gostava da ideia de outros caras dançando com a minha garota. Ela estava linda demais esta noite.

— Sem reclamações da minha parte — ela cantarolou e me seguiu até os bastidores.

Paramos à esquerda do palco, e eu lhe dei um leve beijo nos lábios. Minha intenção era dar um selinho, mas os braços dela me envolveram pelo pescoço. Ela mordiscou meu lábio, e eu decidi que o público poderia esperar.

Puxando-a para mim, desfrutei da doçura dos lábios que era só dela. Os lábios macios se moldaram sob os meus, e lutei para ficar concentrado, esperando o momento que a alma dela fosse se libertar. Um leve gemido escapou da sua garganta e meu sangue começou a aquecer sob cada lambidinha e toque provocante da sua língua. Ficar concentrado estava cada vez mais difícil.

A pressão do seu peito macio no meu fez um arrepio me percorrer e um rosnado baixo começou dentro de mim. Por que a alma dela ainda não estava se desprendendo? Eu não podia continuar ou perderia completamente a linha de pensamento. Dedos quentes roçaram o meu abdômen enquanto ela enfiava uma mão por baixo da minha camisa.

Arfando, eu me afastei e encarei as pálpebras pesadas e os lábios inchados.

— Sua alma não está se desprendendo — consegui dizer.

Deslizando a mão mais para o alto do meu peito, ela me deu um sorriso travesso.

— Eu também notei. Por que você parou?

Será que a reivindicação de Leif pela alma dela tinha afetado aquilo? Balançando a cabeça, decidi que, no momento, aquilo não era importante. Eu não recusaria esse presente inesperado. Eu me abaixei e a peguei no colo, então comecei a dar passos largos em direção à sala dos fundos, onde deixamos as caixas dos equipamentos.

— O que você está fazendo?

— Vou aproveitar uma longa sessão de amassos com a minha namorada. É isso o que vou fazer — expliquei, entrando na sala e fechando a porta com um chute.

— Oh — ela arquejou, antes de eu prendê-la na parede, envolvendo as pernas ao redor da minha cintura e me banqueteando na sua boca pela primeira vez sem que nada tumultuasse os meus pensamentos, a não ser a noção do quanto eu era sortudo.

Pagan

A banda de Dank tocou quatro das suas músicas mais famosas, e os formandos de 2012 da Breeze High School amaram cada minuto. Só tínhamos mais dois meses até termos que atravessar aquele palco e receber o diploma.

— Oi, linda, você é uma baita distração — disse Dank, com aquela voz sedosa, misteriosa e arrastada que eu amava tanto. Loose estava dizendo ao público que eles voltariam em dez minutos. Envolvi os braços ao redor da sua cintura e apoiei a cabeça no seu peito.

— Vocês foram incríveis — elogiei, e inclinei a cabeça para trás para encarar o rosto ridiculamente perfeito.

— Les está um pouco distraído hoje, mas acho que é por causa de todas as garotas gritando os nossos nomes e o fato de elas estarem tão perto. Normalmente, há mais distância entre nós e o público, e ver a quem pertencem os gritos é difícil, senão impossível.

— Hummm, então você está me dizendo que Les está de olho nas meninas?

Dank riu.

— É uma forma de dizer isso.

— Eu posso fazer umas apresentações, caso ele esteja interessado. Dank balançou a cabeça.

— Não, por favor, não faça isso. Quero manter esses caras numa parte menor da minha vida. Não quero que estejam por perto o tempo todo. A última coisa de que preciso é de um deles começando a sair com uma garota aqui da Breeze.

Eu gostava que aquela parte da vida dele estivesse reservada em um canto em sua própria caixinha. Eu já compartilhava com ele... a morte. Não queria dividi-lo com mais ninguém.

— Você quer dançar... ou talvez voltar lá para a sala de armazenamento? — ele perguntou ao levar minhas mãos às costas dele.

— Sim, para dançar, e sim, para a sala de armazenamento. Na ordem que você preferir — respondi, sentindo minha pele aquecer com a lembrança de ter as mãos de Dank em mim mais uma vez.

Não fomos para a pista de dança lotada. Dank me puxou para si e começou a cantar no meu ouvido, enquanto me girava no nosso lugarzinho escondido atrás do palco. Aquele foi de longe o melhor baile a que qualquer garota já foi.

— Nós já não entramos em todas as lojas desse shopping? — gemi, quando meus pés começaram a se rebelar.

Miranda olhou para mim e fez careta.

— Precisamos do vestido e do sapato perfeitos para usar por baixo da beca. Vamos ter que tirá-las e ir para a festa que o meu pai vai dar para nós logo depois da cerimônia. Achei que, com o seu namorado gostosão cantando lá no palco e todas as meninas babando nele, você fosse querer se certificar de estar bem bonita.

Dank não só tinha trazido a Alma Fria para tocar no baile, como também aceitara levar a banda para tocar na nossa festa de formatura. É claro, eu tinha plena certeza de que o pai de Miranda estava pagando muito bem a eles. Dank tinha que pagar aos meninos. Era assim que eles se sustentavam.

Eu me larguei no banco mais próximo e senti o cheiro dos pretzels de cream cheese da confeitaria bem em frente. Era o cheiro mais celestial da face da Terra. Ou ao menos era naquele momento.

— Tudo bem, se você for, compre para mim um desses deliciosos pretzels doces com recheio de cream cheese. Continuarei a torturar os meus pés em busca da perfeição.

Miranda revirou os olhos.

— Certo, mas você vai ter que dividir. O cheiro está incrível e eu não quero comer um inteiro sozinha. A última coisa de que preciso é ficar barriguda enquanto experimento os vestidos.

Miranda jamais tinha chegado perto de ser barriguda. Foi a minha vez de revirar os olhos. A garota era doida.

Enfiei uma nota de dez dólares na mão dela e me recostei no assento.

— Por favor, só vá e compre um. Caramba, compre dois. Vou comer um e meio.

— Não, não vai. Lembre-se de que você tem um namorado gato para quem precisa estar incrível. Um e meio desses são mil calorias. O pretzel não vai te levar na direção certa.

— É quase tudo pretzel, Miranda. São sem gordura — lembrei a ela.

Ela abriu a boca para discutir, e voltou a fechá-la antes de dar meia-volta e marchar até a confeitaria.

Ela tinha voltado ao seu velho eu. Levara algum tempo, mas ela estava de volta, sem dúvida. Em alguns dias, ela queria falar sobre o Wyatt; em outros, não suportava ouvir o nome dele. Eu apenas sentia o humor dela e seguia o fluxo. Observá-la ali, com o quadril inclinado para o lado e a mão apoiada nele, enquanto esperava com impaciência, me fez sorrir. A energia dela estava de volta.

Um cara atraente se virou e reparou nela. Ele falou com Miranda e pareceu deixá-la passar na frente, mas ela não se mexeu e a postura continuou rígida. O cara pareceu um pouco desanimado por ter sido ignorado e voltou a se virar.

Ela não estava totalmente de volta ao normal, e talvez nunca mais estivesse. A velha Miranda teria flertado para conseguir furar a fila. Essa mal podia suportar olhar para o sexo oposto.

— Esse assento está ocupado? — perguntou uma voz sexy a arrastada. Ergui o olhar e sorri para Dank.

— Está. Estou guardando para o meu namorado supergato — respondi, provocadora.

Dank deslizou ao meu lado e passou os braços ao redor dos meus ombros.

— Humm, ele não deveria ter demorado tanto. Bobeou, dançou.

Rindo, eu me aconcheguei nele.

— Me salva da Miranda. Ela está tentando me matar com essas compras.

— Impossível. Acontece que eu sei que a Morte tem uma quedinha por você. Não dá para te matar com facilidade.

Belisquei sua barriga tanquinho por cima da camiseta. Era tão bom estar perto dele e não ter que me preocupar com nada, a não ser os dramas adolescentes de sempre, tipo uma melhor amiga recuperando o ritmo e me deixando esgotada.

— Descobriu alguma coisa sobre o Wyatt? — indaguei baixinho ao olhá-lo.

Ele fez que sim.

— Descobri. Hum, vamos dizer que a morte dele foi anormal... um evento sem precedentes. Então a volta dele será igualmente sem precedentes.

— O quê? — reagi, ao me sentar ereta para poder ler melhor a expressão dele.

Dank ergueu a mão e enfiou uma mecha de cabelo atrás da minha orelha.

— Basta esperar. Você vai entender em breve.

— Ã-rã, com licença, pombinhos, mas isso é um dia de compras de emergência e já providenciei o nosso combustível. Agora, Dank, você precisa ir embora e ser supergato em outro lugar. Preciso de toda a atenção da Pagan hoje. — Miranda tinha usado o tom levemente mandão.

Dank me beijou de leve na boca, segurou o meu rosto e sussurrou "eu amo você" no meu ouvido, antes de se levantar e me deixar toda derretida ali no banco.

— A gente se vê, Miranda. Não a canse muito — provocou Dank ao se virar para ir embora.

Olhei para Miranda, que encarava o traseiro dele, maravilhada, e balancei a minha sacola de compras para bater nela.

— EI! — ela gritou ao cambalear para o lado.

— Pare de olhar para a bunda do meu namorado — respondi à careta dela. Percebi que talvez ela só se opusesse aos caras que demonstravam interesse por ela. Aqueles como Dank, que ela não considerava ser uma traição, ela ainda secava.

Mordendo o lábio, ela tentou esconder o sorriso.

— Desculpa, é difícil não olhar.

— Pois *tente*.

— Estraga-prazeres — murmurou ela, e pegou o meu braço e me puxou.

— Vamos comer enquanto andamos. Quero ver se eles têm um sutiã tomara que caia transparente lá na Victoria's Secret.

Resmungando, eu a deixei me puxar e peguei a minha metade de pretzel da mão dela. Ao menos, eu tinha um incentivo para me fazer passar pela provação.

Dank

Fui até a porta aberta do quarto de Pagan quando alguém pigarreou atrás de mim. Eu não tinha sido cuidadoso e tinha ficado confortável demais ao me esgueirar no quarto dela de manhã. Eu teria que dançar conforme a música por causa daquele erro. Ao me virar, encontrei a mãe de Pagan de pé no corredor com as mãos na cintura e as sobrancelhas erguidas. O cabelo castanho-escuro estava um pouco bagunçado por causa do sono, mas ela já estava de uniforme: calça de moletom e camiseta. Complementado por uma mancha de café.

— Bom dia. — Tentei soar o mais educado possível Não que ela pudesse me impedir de vir até o quarto de Pagan sempre que eu quisesse, mas também não a queria como inimiga.

— Bom dia, Dank. A que devo essa visita a uma hora dessas?

Foi a minha vez de pigarrear.

— Pensei em acordar a Pagan. Não queria que ela perdesse o café da manhã.

Tudo bem, a desculpa era péssima.

— Jura? Bem, só para esclarecermos, eu percebi que o namorado da minha filha é... bem... algo que não é exatamente humano, mas ainda espero que ele siga as regras.

— É claro.

Ela me encarou por mais um momento, então foi em direção às escadas. Fiquei ali congelado, sem saber se ela queria que eu fosse embora.

Parando, ela olhou para trás e sorriu para mim.

— Vem. Vou te alimentar enquanto você espera. — E ela continuou descendo as escadas. Sorri para mim mesmo ao segui-la. Quem era eu para desobedecer à mãe dela?

Assim que chegamos à cozinha, a mãe de Pagan abriu um armário e pegou uma mistura para panqueca, uma tigela grande e uma colher.

— Aqui, leia as instruções e comece a bater a massa, enquanto eu esquento a chapa — ela passou as instruções ao colocar os ingredientes nos meus braços.

Eu não planejava fazer o café da manhã com a mãe de Pagan, mas já passava da hora de ela e eu conversarmos. Nossa última conversa em particular tinha sido na noite que eu a confrontara sobre a alma de Pagan.

— O segredo para fazer as panquecas do jeitinho que a Pagan gosta é usar muita manteiga. Manteiga de verdade. Deixa as bordas crocantes. — Guardei a informação para usar mais tarde. — Quando ela era pequena, eu fazia panquecas no formato do Mickey Mouse. Bem, a cabeça dele, pelo menos. Pagan amava. Ela fazia olhos, nariz e boca com frutas e cobria tudo com calda.

Eu me lembrei dos olhos verdes grandes demais para o rosto me olhando da cama de hospital, no dia que eu tinha ido falar com ela. Ela havia perdido todo o cabelo e o rosto estava magro e fraco, mas a mente estava tão afiada quanto uma tachinha. Depois daquele dia, eu sempre me lembrava dela quando entrava no quarto das crianças moribundas para explicar o que estava por vir. Seu rosto sempre vinha à minha mente, e eu imaginava o que tinha acontecido com a alma da menina. Até mesmo na época, ela já tinha uma espécie de controle sobre mim.

Sua mãe tirou a tigela das minhas mãos. Felizmente, consegui misturar o leite, os ovos e a massa direito. O aceno de aprovação que ela me deu veio com um estranho alívio.

— Então, Dank Walker, algum dia vai me dizer exatamente o que você é?

Eu me perguntava se, agora que Pagan estava em casa, sã e salva, livre dos espíritos vodu que queriam a sua alma, a mãe dela alguma vez me perguntaria sobre a minha confissão de que eu não era humano.

Pigarreando, apoiei o quadril no balcão e cruzei os braços.

Eu não tinha certeza se ela queria mesmo saber a resposta.

— Bem, isso depende se você quer mesmo que eu conte. Talvez seja melhor que saiba que a protegerei por toda a eternidade. Ela jamais terá que temer a morte. — Parei nessa última palavra, e esperei.

Ela tinha acabado de colocar um pouco de massa na chapa e congelou por um momento, então, devagar, colocou a tigela e a colher sobre o balcão. Sua cabeça virou como se em câmera lenta até os olhos me encararem incrédulos.

— Você está dizendo... quer dizer, você não pode ser... você está dizendo... não, não pode ser isso. — Ela balançou a cabeça e me deu uma última olhada antes de voltar a se concentrar na panqueca diante dela. A mulher a virou, então a colocou em um prato e a entregou a mim. — A primeira é sempre melhor. Por que você não começa... bem, isto é, se você... você come?

Não consegui esconder minha diversão ao pegar o prato.

— Sim, eu como. A eternidade seria terrivelmente chata sem comida.

PREDESTINADA

CAPÍTULO 25

Pagan

A risada da minha mãe subiu pelas escadas enquanto eu abria as pálpebras e encarava o alarme, que não tinha disparado naquela manhã. Talvez porque eu não o tivesse ajustado, mas isso era um detalhe. Ouvi uma outra voz e a voz mais aguda da minha mãe começou a conversar de novo. Ela não estava no telefone. Havia alguém lá.

Sentando-me na cama, cobri a boca. Será que minha mãe tinha deixado o Roger dormir lá? Ela nunca, em toda a minha vida, tinha deixado um namorado passar a noite. Jogando as pernas para a beira da cama, peguei o meu roupão amarelo e atravessei a porta correndo para pegá-la no flagra. Não que eu me importasse de verdade. Só seria divertido poder usar aquilo contra ela.

Desci correndo dois degraus por vez, cheguei aos pés da escada e, em disparada, virei no corredor, então derrapei até parar. Sentado à mesa da cozinha, com uma pilha de panquecas e bacon preenchendo o prato diante dele, estava Dank. Os cachos escuros estavam perfeitamente bagunçados e a camiseta azul-clara que eu o tinha convencido a comprar porque fazia seus olhos se destacarem abraçava o peito bem-definido. Um toque de graça iluminou os seus olhos, e os lábios se curvaram em um sorrisinho sexy, que era incrivelmente convidativo. Lábios convidativos eram o que eu deveria estar desfrutando esta manhã. Da última vez que falei com Dank, ele disse que me acordaria com beijos.

Desviei o olhar para a minha mãe, que sorria como se soubesse um segredo, suas mãos envolvendo o que devia ser a sua quarta caneca de café do dia. Ela enfiou o cabelo despenteado atrás das orelhas e os óculos estavam empoleirados em seu nariz iguais aos de uma professora.

— O que vocês estão fazendo? — perguntei, incrédula.

— Tomando café e conversando. O que você também poderia estar fazendo se levantasse na hora — respondeu minha mãe, com um pouco de acidez no tom. Ela ficava louca por eu dormir até tão tarde.

— As panquecas estão muito boas, Pagan. Não posso acreditar que você não se levanta cedo para poder aproveitar essa delícia todas as manhãs — intrometeu-se Dank.

Eu o fuzilei com o olhar.

— É mesmo?

Ele fez que sim enquanto levava outra garfada à boca. Traidor. Ele tinha se recusado a entrar no meu quarto para me acordar por causa das panquecas da minha mãe.

— Espero que você aproveite as suas panquecas. Vou ter que ir me arrumar agora, já que o *alarme* não me acordou na hora certa. Devia estar ocupado com outra coisa — disparei e segui para as escadas.

A risada abafada da minha mãe me dizia que talvez o meu *alarme* tivesse fracassado em sua missão por causa da nave-mãe.

— Panquecas bobocas — murmurei, e fui tomar banho.

Parece que foi ontem que eu entrei naquele ginásio pela primeira vez. A orientação dos calouros tinha sido animada, mas aterrorizante. Miranda e eu tínhamos nos sentado na quarta fileira do lado esquerdo das arquibancadas, segurando as mãos com força, enquanto o diretor Cagle nos dava as boas-vindas e falava sobre os nossos direitos. Wyatt chegou tarde e se sentou ao meu lado. Nós éramos tão jovens. Eu até mesmo tinha conhecido Jay naquele dia. Ele estava no segundo ano e integrava o time de basquete. Ele veio até nós e se apresentou para Wyatt, perguntando se ele estava pensando em entrar no time. O garoto tinha visto o meu amigo jogar quando ele ainda estava no ensino fundamental. Tínhamos ganhado o campeonato no ano anterior. Wyatt era um jogador muito bom. Então Jay havia perguntado se eu era namorada do Wyatt, e todos nós rimos como se fosse a coisa mais engraçada que já tínhamos ouvido. Duas semanas depois, Jay me convidou para o nosso primeiro encontro.

As memórias eram abundantes enquanto eu olhava para os meus colegas de classe. Todos nós usávamos a mesma beca azul-royal e a mesma expressão. Alívio, animação e só um toque de incerteza. Tínhamos entrado naquele prédio sem saber em que grupos nos encaixaríamos, quais eram os melhores professores e o que a gente jamais deveria comer no refeitório. Agora sabíamos de todas essas coisas e outras mais.

No meu último dia nesse ginásio, eu estava mais uma vez sentada entre duas das pessoas mais importantes no meu mundo. Miranda segurava a minha mão direita, e Dank, a esquerda. No entanto, minha amiga apertava a minha mão com tanta força que eu estava com medo de sofrer danos por causa do corte no fluxo sanguíneo, e Dank acariciava a minha mão com o polegar. Até mesmo sentada entre os dois eu não podia deixar de me sentir um pouco desolada. Estava faltando uma peça importante do quebra-cabeças. Wyatt deveria estar aqui também. Eu sabia que Miranda estava pensando a mesma coisa. Era por isso que eu não havia mencionado o fato de ela estar esmagando os ossos da minha mão. Cheguei à conclusão de que, se a minha mão direita podia ajudar a minha amiga a passar por isso, então eu ficaria feliz por sacrificá-la.

— Você está bem? — Dank sussurrou no meu ouvido.

Fiz que sim, e apoiei a cabeça no seu ombro.

O orador convidado terminou o discurso e foi seguido pela oradora da cerimônia, Krissy Lots. Assim que ela terminou, nós fomos um por vez, enquanto nossos nomes eram chamados, receber o diploma. Assovios e gritos irromperam enquanto os diferentes alunos subiam no palco.

— Pagan Annabelle Moore.

Tanto Dank quanto Miranda apertaram a minha mão quando eu segui para o palco. Os aplausos seguidos pelos assovios de Dank e um alto "uhul" vindo de Miranda levaram um sorriso aos meus lábios. Enquanto eu pegava o diploma e atravessava o palco, a gritaria de lá do fundo do ginásio chamou a minha atenção. Olhando para trás, vi Jay recostado na porta aplaudindo e dando um sorriso resplandecente. Eu me perguntei se ele tinha voltado porque sabia que seria difícil eu estar ali sem o Wyatt. Sorrindo para ele, saí do palco e voltei para o meu lugar.

— Você tem um fã lá nos fundos — disse Dank, com um tom frio e nada divertido quando eu me sentei.

— Ah, não. É só o Jay. Eu não sabia que ele estaria aqui hoje.

A mandíbula de Dank ficou tensa e ele se virou para olhar feio na direção do meu ex. Minha nossa, aquilo não ia ser bom. Dank ciumento podia ser perigoso. Puxei o braço dele.

— Está tudo bem. Sério. Acho que ele veio porque Wyatt não estaria aqui hoje. Para, sabe, dar apoio. Eles eram próximos.

Os olhos de Dank foram de zangados para ligeiramente surpresos enquanto o seu olhar permanecia direcionado acima do meu ombro. Curiosa, virei a cabeça e vi um cara alto com o cabelo castanho-claro desgrenhado, que se curvava nas pontas, e uma camisa polo laranja da Universidade do Texas de pé ao lado de Jay. Eles estavam conversando e Jay ria do que o cara estava falando. Ele devia ter trazido um dos seus colegas de fraternidade. Então o cara se virou para olhar para a gente e uma estranha sensação de paz me envolveu. Foi estranho. Diferente de qualquer coisa que eu já tinha sentido por um desconhecido. O olhar dele encontrou o meu, e eu sorri. Então ele virou o foco para Miranda, que sequer olhava na sua direção. Ele tinha uma expressão quase reverente no rosto. Eu os observei por um instante, então me virei no assento.

— Pagan — sussurrou Dank ao meu lado.

— Humm — respondi, inclinando-me para poder ouvi-lo melhor.

— Você se lembra de que eu disse que o retorno de Wyatt seria sem precedentes?

— Lembro.

— Bem, ele está de volta.

Franzindo a testa, ergui os olhos para encontrar os dele.

— Quem está de volta?

Os olhos de Dank se moveram para cima do meu ombro, indo para a porta onde os meninos estavam de pé e depois voltaram para mim.

— Wyatt. A alma dele está de volta.

Continua...

AGRADECIMENTOS

Tenho que começar agradecendo ao Keith, meu marido, que aguentou a casa suja, a falta de roupas limpas e as minhas mudanças de humor enquanto eu escrevia este livro (e todos os outros).

Meus três filhos lindos que comeram muita salsicha empanada, pizza e cereal porque eu estava trancada escrevendo. Juro que faço para eles muitas coisas saudáveis logo que termino.

Tammara Webber, minha parceira de crítica. Quando a Tammara sugeriu que nos tornássemos parceiras de críticas, eu tive um mega momento de "fanzoca". Eu amei a série dela, *Entrelinhas*. E, é claro, que eu logo me AGARREI à oferta. Os conselhos, edições e a amizade da Tammara foram fundamentais na criação de *Predestinada*. Ela é brilhante e estou honrada por poder chamá-la de PC e também de amiga.

Monica Tuker, minha melhor amiga, e Becky Potts, minha mãe: essas duas competem pelo título de minha maior fã. Ambas leram *Predestinada* e me ajudaram com os erros de ortografia, apontaram problemas na história e colocaram muita fé na sua torcida por mim.

Minhas amigas FP. Prefiro não revelar o que FP significa, porque a minha mãe pode ler isso aqui e o termo lhe causará uma parada cardíaca. Brincadeirinha... talvez. Vocês, meninas, me fazem rir, ouvem os meus desabafos e sempre me mandam uns colírios que deixam o meu dia mais animado. Vocês são mesmo a minha turma.

Stephanie Mooney, a melhor capista do mundo. Ela é brilhante e eu grito o fato aos sete ventos com frequência.

Stephanie T. Lott, pelo incrível trabalho editando *Predestinada*. Não posso expressar o quanto sou grata por ter encontrado essa mulher. *Volta lá onde eu mencionei a Tammara Webber e sua genialidade.* Tenho que agradecer a ela por me conduzir até a Stephanie.

A Paranormal Plumes (http://www.theplumessociety.com/) não é só um grupo de escritoras de livros YA paranormais que eu amo de paixão. Nós viajamos juntas para autografar livros e apoiar umas às outras nos altos e baixos do processo de escrita. Amo cada uma de vocês.

SOBRE A AUTORA

Abbi Glines pode ser encontrada na companhia de estrelas do rock, dando festas em seu iate aos fins de semana, saltando de paraquedas ou surfando em Maui. Tudo bem, talvez ela precise manter a imaginação sob controle e se concentrar na escrita. No mundo real, Abbi pode ser encontrada carregando crianças (várias que simplesmente aparecerem e que nem são suas) para todas as atividades delas, escondida sob as cobertas com o MacBook na esperança de que o marido não a flagre, de novo, assistindo a *Buffy*, na Netflix, e escapando para a livraria para passar horas perdida na delícia maravilhosa que são os livros. Se quiser encontrá-la, dê uma olhada no Twitter primeiro, porque ela é viciada em tuitar no perfil @abbiglines. Ela também escreve bastante no blog, mas quase nunca fala algo muito profundo. Também gosta de falar de si mesma na terceira pessoa. www.abbiglines.com

Editora Charme

Entre em nosso site e viaje no nosso mundo literário.
Lá você vai encontrar todos os nossos
títulos, autores, lançamentos e novidades.
Acesse www.editoracharme.com.br

Você pode adquirir os nossos livros na loja virtual:
loja.editoracharme.com.br

Além do site, você pode nos encontrar em nossas redes sociais.

 https://www.facebook.com/editoracharme

 https://twitter.com/editoracharme

 http://instagram.com/editoracharme